KB125898

평범한 가정주부에서 여성CEO의 대모가 되기까지

나의 행동이 곧 나의 운명이다

_____ 님께

운명을 개척하는 도전정신으로
늘 행동하는 나날 되시길 기원 드립니다!

김 현 숙 드림

도서
출판 행복에너지

나의 행동이 곧 나의 운명이다

초판 1쇄 발행 2017년 8월 1일
초판 2쇄 발행 2017년 8월 25일

지 은 이	김현숙
발 행 인	권선복
편 집	한영미
교 정	천훈민
디 자 인	이세영
마 케 팅	권보송
전 자 책	천훈민
발 행 처	도서출판 행복에너지
출판등록	제315-2011-000035호
주 소	(157-010) 서울특별시 강서구 화곡로 232
전 화	0505-613-6133
팩 스	0303-0799-1560
홈페이지	www.happybook.or.kr
이 메 일	ksbdata@daum.net

값 15,000원

ISBN 979-11-5602-509-2   03810

Copyright ⓒ 김현숙, 2017

도서출판 행복에너지는 독자 여러분의 아이디어와 원고 투고를 기다립니다. 책으로 만들기를 원하는 콘텐츠가 있으신 분은 이메일이나 홈페이지를 통해 간단한 기획서와 기획의도, 연락처 등을 보내주십시오. 행복에너지의 문은 언제나 활짝 열려 있습니다.

나의 행동이 곧 나의 운명이다

도서
출판 **행복에너지**

CONTENTS

🌿 Prologue 도전을 계속해야 실패도 극복할 수 있다 … 006

CHAPTER 1 🍀
고난 속에서
성장한다

서울깍쟁이 … 012
내 꿈은 선생님 … 020
남편과의 운명적인 만남 … 026
갑작스럽게 찾아든 불행 … 030
가정주부에서 경영자로 … 036

CHAPTER 2 🍁
나의 행동이 곧
나의 운명이다

운명을 숙명으로 … 044
시련은 또 다른 나를 만든다 … 049
선택의 여지가 없을 때는 용감하게 맞서라 … 057
도전할수록 실패할 확률은 줄어든다 … 061
단 하루도 긴장의 끈을 놓지 마라 … 068

CHAPTER **3**
남과 똑같이 하면 절대 이길 수 없다

신기술 개발만이 살길이다 ··· 076
개척자의 정신으로! ··· 083
남들보다 2배, 3배 더 뛰자 ··· 092
모든 일에 성의와 실천을 다하라 ··· 099
여성이라는 핸디캡을 장점으로 ··· 105

CHAPTER **4**
나눌수록 커진다

직원은 나의 또 다른 가족 ··· 114
동반성장, 협력사와 함께하는 발걸음 ··· 125
나누는 기쁨, 행복한 실천 ··· 133
여성 CEO로서의 책임감 ··· 143
나의 꿈은 지금도 현재진행형 ··· 159

❧ Photo Gallery ··· 169
❧ Epilogue 뿌리가 깊이 박힌 나무는 베어도 움이 다시 돋는다 ··· 187
❧ 부록 (주)경신의 발자취 ··· 191
❧ 출간후기 ··· 210

도전을 계속해야
실패도 극복할 수 있다,
Do Action!

나는 어릴 때부터 어떤 일이든 한 번 시작하면 끝을 봐야 하는 성격이었다. 중도에 하다 말고 포기한 적은 단 한 번도 없다. '일단 시작하면 죽이 되든 밥이 되든 끝까지 한다.'가 내 어릴 적부터의 신조이다.

지금도 집에서 쉴 때조차 내 손에는 항상 무언가가 들려 있다. 하다못해 걸레질을 하거나 콩나물이라도 다듬고 있어야 마음이 편하다. 남들은 움직이고 있는데 나만 가만있으면 뭔가 밑진다는 생각부터 든다. 그러므로 나에게는 한가하게 앉아 있는 시간 자체가 사치인 셈이다.

일이라는 건 찾지 않으면 없고, 찾아다니면 많은 것이다. 집안일이나 회사일이나 마찬가지이다. 어디서 무엇을 하든 결국은 자신과의 싸움인 것이다. 그 싸움에서 이기느냐 지느냐를 결정하는 것도 순전히 자신의 몫이다.

자신과의 싸움에서 승리를 쟁취하려면 무엇보다 행동력이 뒷받침되어야 한다. "Actions speak louder than words행동은 말보다 더 큰 소리를 낸다." 즉, 말보다 행동이 훨씬 중요하다는 뜻의 영국 속담도 있지 않은가. 나 역시 인간은 행동에 의해 자기 자신을 만들어 나가는 것임을 오랜 경험을 통해 깨달았다.

평범한 가정주부였던 내가 경영 일선에 뛰어들어 1인4역어머니+가장+CEO+학생을 하며, 오늘날의 경신을 일궈올 수 있었던 가장 큰 원동력 또한 행동력과 도전정신이었다.

현실이 부조리하고 부당하다고 해서 뒷짐만 지고 있을 수는 없다. 행동하지 않으면, 도전하지 않으면, 실패도 극복할 수 없는 것이다.

고개만 저으면서 가만히 있는 사람에게 누가 성공을 떠먹여 주겠는가. 하늘도 스스로 돕는 자를 돕는 것과 같은 이치이다.

간혹 우리 회사의 성공 사례에 관한 인터뷰 요청이 들어올 때가 있다. 그럴 때마다 나는 대부분 거절한다.

"그저 쉬지 않고 배우고 남들보다 조금 더 뛴 것뿐인데, 내가 한 것이 뭐가 있다고 인터뷰를 합니까? 아직 성공이라고 말할 것도 없습니다. 오히려 지금부터 더 바쁘게 더 열심히 뛰어야 합니다."

나는 지금도 스스로 많은 것이 부족하다고 생각한다. 아직 가야 할 길이 멀다고 생각하기 때문이다. 나무만 심어놓고 뿌리가 깊게 내리기도 전에, 그 그늘 밑에서 쉬기를 바라는 것은 헛된 욕심일 뿐이다.

　　예전부터 자신에게 무척 엄격한 편이었던 나는 스스로에 대한 칭찬보다는 자책을 더 많이 해왔다. '왜 그때 그렇게밖에 못했지?' '바보같이 넌 그것도 못 하니?' 등등. 칭찬은 고래도 춤추게 한다는데 그 반대로 해온 것이다. 그러나 이러한 자책들이 오히려 나에게는 따끔한 채찍질이 되어, 남들보다 하나라도 더 배우고 한 걸음 더 뛸 수 있는 원동력이 되어 주었다. 고난이 닥쳤을 때에도 물러서지 않고 앞으로 나아갈 수 있는 힘을 준 것이다.

　　이 책을 읽는 독자 여러분에게도 당부하고 싶다.
　　'나의 행동이 곧 나의 운명'임을 잊지 말자. 하루하루 자신이 선택하고 생각하고 행동하는 것에 따라, 내일의 그림이 달라질 수 있음을 의심하지 말자. 혼란한 시대일수록 스스로를 믿고, 나와 같이 타인을 믿고, 당당하게 도전과 마주하는 것! 그것이 삶에 있어 진정한 성공임을 꼭 기억하기 바란다.

2017년 7월 17일
김 현 숙

아들의 초등학교 입학식 때 남편과 함께.
찬찬히 살펴보니 이 사진 한 장에
(주)경신의 과거와 현재와 미래의
모습이 공존하고 있다.

CHAPTER 1

고난 속에서 성장한다

꿈을 품고 시작하라.
새로운 일을 시작하는 용기 속에
당신의 천재성과 능력과 기적이 모두 숨어 있다.

- 요한 볼프강 폰 괴테 -

서울
깍쟁이

　나는 서울 토박이로 서울특별시 중구 주교동에서 태어났다. 청계천을 사이에 두고 광장시장을 마주하고 있는 곳이다. 3남 4녀 중 장녀로 위로 오빠가 있고 밑으로 남동생 둘과 여동생 셋이 있다.

　부모님 역시 두 분 모두 서울 태생이시다. 나는 서울의 한복판인 중구에서 나고 자라면서 소위 말하는 '서울깍쟁이'로 불렸는데, 결혼하기 전까지 중구를 벗어나 본 적이 없을 정도이다.

　안타깝게도 전쟁 통에 피난을 가느라 어린 시절 사진들이 몇 장밖에 남아 있지 않지만, 내 기억 속에서만큼은 뚜렷이 각인되어 있다. 지금은 몰라보게 변했어도 우리 집이 있었던 주교동과 인현동부터 시작하여 그 무렵의 소박한 동네 풍경들이, 마치 흑백영화 속의 한 장면처럼 스르르 떠오른다.

가끔씩 부모님 생각이 나거나 어릴 때 생각이 날 때면 그렇게 가슴속 추억의 암실에서 한 장 한 장 꺼내 보곤 한다. 아무리 세월이 흘렀어도 마치 어제 일처럼 또렷이 기억할 수 있으니, 추억이란 이래서 또 아름다운 것인가 보다.

아버지는 무척 자상한 편이셨고 어머니는 알뜰한 살림꾼이셨다. 내가 생각해도 나는 어릴 때부터 무뚝뚝한 편이었다. 그렇지만 애교가 없는 대신 부모님 말씀 잘 듣고, 한번 시키신 일은 또박또박 잘 했다. 특히 나는 아버지의 사랑을 많이 받고 자랐는데 거기에는 내가 맏딸인 이유도 있지만, 철이 들기 전부터 맏딸로서의 책임감을 갖고 내가 할 도리를 다해 왔기 때문일 것이다.

그래서인지 아버지가 돌아가시면서 "경림 어멈이 최고다!"라고 말씀해 주셨을 때는 얼마나 가슴 뭉클하고 마음이 쓰리던지……. 때로는 맏딸이어서 야단도 많이 맞았지만, 그 어지러운 시절 속에서도 중심을 잃지 않고 오직 가족을 위해 열심히 일하셨던 부모님께 감사한 마음뿐이다.

미곡상을 운영하셨던 아버지 덕분에 내 유년시절은 비교적 유복한 편이었다. 그러나 1950년 6·25전쟁이 터지면서 상황이 180도 달라졌다. 내가 중2 때 서울 한복판에서 6·25전쟁을 겪게 된 것인데, 아직도 그때 일들이 생생하게 기억난다.

전쟁 소식을 듣고 우리 집은 부랴부랴 친척이 있는 의정부로 피난을 가게 되었다. 남자들은 의용군으로 잡혀가기 때문에, 오빠 대신 내가 쌀을 지고 그때 살았던 인현동에서부터 청량리까지 전차를 타고 가서, 다시 청량리에서부터 의정부까지 50~60리 길을 걸어가곤 했다.

고작해야 15살이었던 어린 소녀가 그 무거운 쌀을 이고 지고 그 먼 길을 오갔으니, 얼마나 힘이 들었겠는가. 그때 시골에서는 폭격 때문에 농사를 지을 수 없어서 그런 식으로 쌀을 조달해야만 했다. 대신 소를 자주 잡아 오히려 그 어려웠던 시절에 밥보다 고기를 더 실컷 먹을 수 있었다.

우리 집은 서울 수복 후 잠시 서울로 되돌아갔다가 1·4후퇴 때 다시 피난길에 올랐다. 그 시대를 배경으로 하는 영화나 드라마에서 볼 법한 일이지만, 피난열차가 만원인지라 어른은 물론 어린아이들까지 열차 꼭대기에 올라타서 살을 에는 추위와 매서운 겨울바람을 이겨내야 했다.

우리 식구도 예외 없이 열차 지붕에 모여 앉아 이불을 둘러쓰고 있었는데, 어린 우리들은 기차가 한 번씩 정차해도 아래로 내려갈 수조차 없었다. 7남매에 부모님까지 총 9명이었으니 한꺼번에 움직이기 쉽지 않아서 부모님 고생이 이만저만 아니었다. 아버지가 겨우겨우 국밥을 사다가 끈으로 연결해 얹어주면 우리들은 기차 꼭대기에서 앉은 채로 받아먹었다. 게다가 정말 얼마나 추웠는지 모른다. 지금도 그 장면이 떠오를 때면 소름이 돋을 정도인데 그 시절 추위에 비하면 요즘 겨울은 겨울도 아닌 것 같다.

그렇게 7일 만에 가 닿은 곳이 대구 칠성동이었다. 원래는 부산까지 가는 기차였지만 더는 버틸 수가 없어서 대구에서 내리게 된 것이다. 무슨 연고가 있었던 곳도 아니어서 부모님은 닥치는 대로 일을 찾아 다니셨다. 다행히 얼마 안 가 전방을 마련하고 미군부대에서 물건을 받아다가 파는 일을 시작하셨다.

오빠와 나는 어떻게든 부모님을 돕기 위해서 대구 자유극장 미군부대 입구에서 노점상을 했다. 그런데 마구잡이로 물건을 집어가는 미군들 등쌀에, 미군들이 보이기만 하면 얼른 보자기로 싸서 골목으로 뛰어 들어갔다가 그들이 가면 다시 나와 물건을 펼쳐놓곤 했다. 정말이지 오빠랑 하루에도 몇 번씩 보따리를 쌌다가 풀었다가 했는지 모른다.

노점상 하니까 또 기억나는 일이 있다. 6·25가 끝나고 다시 서울로 돌아왔을 때였다. 전쟁 통에 남아 있는 것이 없었다. 다시 빈손으로 시작해야 하니 경제적 어려움 때문에 고통을 많이 받았다. 워낙에 식구가 많은지라, 그전까지 살림만 하던 어머니도 시장 한 귀퉁이에서 빈대떡 장사를 시작하셨다.

나는 장녀였기 때문에 어릴 때부터 책임감이 투철한 편이었다. 그래서 조금이라도 부모님께 힘이 돼 드리고자 떡을 받아와, 시장 입구에서 바로 밑의 남동생과 쪼그리고 앉아 팔기 시작했다. 나는 10개를 사면 1개를 덤으로 주었다. 그러면 손님이 또 왔다. 아마도 그때부터 부모님을 닮아 장사 수완이 좀 있었던 것 같다.

그런데 옆에 있던 동생은 내가 덤으로 줄 때마다 "누나, 왜 자꾸 공짜로 줘? 내가 먹어야 하는데!"라며 볼멘소리를 하곤 했다. 동생은 너무 어려서 기억나지 않을 테지만, 지금 생각하면 웃음도 나고 눈물도 나는 잊지 못할 추억들이다.

대구에서 피난 생활에도 조금씩 익숙해질 무렵, 우연히 내 은사였던 수도여중 선생님을 만나게 되었다. 시장통인지라 피난 온 사람들의 왕래가 많아서였을까. 너무 반가워서 얼싸안고 서로의 안부를 묻고 그 길로 선생님 집으로 쫓아갔다.
이런저런 얘기 끝에 선생님께서 "대구에 서울피난연합중학교가 생겼으니 나오라." 하셨다. 당시 우리 집 형편으로는 내가 학교에 다닐 상황이 아니었다. 부모님 일도 도와야 했고 집안일에 동생들 뒤치다꺼리까지, 내가 해야 할 일이 한두 가지가 아니었다. 그 때문에 다시 학교에 다니게 될 것이라고는 꿈도 꾸지 못하고 있었다. 어릴 때부터 책 읽고 공부하는 것을 좋아했던 나였지만 상황이 상황이니만큼 어쩔 수 없는 일이었다.

그런데 서울도 아닌 대구에서 기적처럼 선생님을 만난 덕분에 그때부터 다시 학교에 다니게 된 것이다. 피난 학교는 말이 학교지, 그냥 하꼬방_{상자 같은 작은 집}에 학교 간판만 달아놓은 상태였다. 그렇지만 나는 학교를 다닐 수 있다는 사실만으로도 얼마나 좋았는지 모른다. 나중에 유명한 영화배우가 된 엄앵란도 그 학교에 다니고 있었다.

시장에서 장사를 하다 학교에 가고, 학교 끝나 집에 가면 어머니 대신 밥하고 빨래하고, 집안일 끝나면 다시 시장에 나가 장사하고……. 그렇게 1인 몇 역을 해치우면서도 불평 한마디 하지 않았으니 지금 생각해도 내 자신이 기특하기만 하다.

이후 전쟁이 끝나고 우리 가족이 서울로 올라가게 되었을 때 나는 혼자 대구에 남았다. 공부를 더 하고 싶어서였다. 마침 사촌오빠가 막 결혼하여 그곳에 살고 있어서, 염치 불구하고 사촌오빠 내

• 수도여고 재학시절(고3) 친구와. 전쟁 직후라 지금과는 많이 다른 모습인 서울 소공동

외 신혼 방에서 같이 자고 먹고 했다. 그러다가 고등학교 3학년 초에 서울로 다시 돌아가게 되었다.

세월이 참, 말 그대로 쏜살같이 흘렀다.

그러고 보면 나와 비슷한 연배의 사람들은 거대한 역사의 소용돌이 속에서 인생을 살아낸 사람들이다. 일제 강점기부터 시작하여 해방, 6·25전쟁, 1·4후퇴, 그리고 5·16군사정변에 이르기까지 굵직굵직한 역사를 다 거쳐 온 것이다.

나뿐 아니라 많은 사람들이 그렇겠지만 지난 시간들을 돌아보다 보면 마음이 촉촉하게 젖어든다. 투명한 슬픔이라고나 할까. 때로는 기쁘고 때로는 아프고 때로는 그립다.

• 서울 수도여고 재학시절. 윗줄의 맨 오른쪽이 필자

그러나 내 인생에 있어서 후회란 없다. 누구에게나 완전하고 확실한 미래는 없다. 다만 결심하면 그대로 달려가는 사람과 온갖 핑곗거리를 만들어 내는 사람의 차이가 있을 뿐이다. 고난과 맞닥뜨렸을 때에도 고개 젓지 않고, 주어진 상황에서 최선을 다하고 죽을힘을 다해 노력하다 보면 후회하는 시간조차 아깝다고 느낄 것이다.

내 꿈은
선생님

나는 어릴 때부터 유달리 책과 글을 좋아하는 문학소녀였다. 손에서 책을 놓지 않을 만큼 기회만 있으면 책을 읽었고, 동생들에게도 늘 책을 읽어주곤 했다.

회사 일을 맡게 되면서부터는 주로 경영과 관련된 책들을 보게 되었지만, 풋풋한 소녀 시절에는 소설과 시에 푹 빠져서 살았다.

책뿐만 아니라 그 시절에 유행하던 팝송들과 가곡들도 좋아했는데, 특히 "내 고향 남쪽 바다, 그 파란 물 눈에 보이네. 꿈엔들 잊으리요, 그 잔잔한 고향바다~"로 시작되는, 이은상의 아름다운 시를 가곡으로 만든 〈가고파〉는 지금도 애창하는 곡이다.

영화 관람 또한 무척 좋아했다. 외국 영화배우 이름을 줄줄이 꿰고 있을 정도였다. 그때는 임춘앵 국악단이란 단체가 있었는데 그들의 공연도 자주 보러 갔고, 선생님들 눈을 피해서 무슨 007 놀이를 하듯 영화 구경을 하러 다녔다.

당시만 해도 교복 차림으로는 아예 극장 출입이 불가능했다. 그 때문에 주말만 되면 사복으로 갈아입고 극장으로 달려가곤 했다. 그럴 때면 극장 앞에 감시를 나와 있던 교무주임이나 학생주임에게 들키지 않고 들어가는 것이 관건이었다.

• 유계완 가정선생님(아랫줄 두 번째)과. 선생님은 유명한 요리 연구가이셨는데 나 역시 선생님께 요리를 사사하였다

그렇게 아슬아슬하게 입장을 하고 나면, 그 노력이 아까워서라도 달랑 한 번만 보고 나갈 수는 없었다. 그 무렵 내가 제일 좋아했던 로버트 테일러와 비비안 리가 나온 〈애수〉는 그 자리에서 3번이나 봤던 기억이 난다. 어찌 보면 풍족한 지금보다 가난했던 그 시절이 훨씬 낭만적이었던 것인지도 모르겠다.

7남매 중 장녀였던 나는 일을 하시는 부모님 대신 어린 동생들을 돌봐야 했다. 집안일도 하고 동생들 공부도 가르쳐야 해서 정작 내 공부를 할 시간은 많지 않았지만, 그런 와중에도 동생들을 가르치고 보살피는 일에서 나는 큰 보람을 느꼈다. 그 때문이었을까. 언제부턴가 자연스럽게 선생님이 되는 것이 내 꿈이 되어 있었다.

• 수도여고 졸업식 때 담임선생님과

피난을 갔던 대구에서 다시 서울로 올라오니 아버지의 미곡상은 흔적도 없이 사라져 버렸고, 우리 집은 모든 것을 처음부터 다시 시작해야 했다. 1950년대는 다들 먹고살기 힘든 때였다. 자식들도 많이 낳아서 한 집에 대여섯 명은 보통이었다. 우리 집도 예외가 아니었다.

그 시절에는 주위에서 대학에 다니는 사람을 보기조차 힘들었다. 그러다 보니 장남인 오빠가 대학을 가면 둘째인 나까지 대학에 진학하는 것이 쉽지 않았다. 더군다나 여자인 내가 차마 남자들도 가기 힘든 대학에 보내달라고 할 수는 없었다. 그 무렵 시대상이 그렇기도 했지만 나 스스로도 맏딸로서의 책임감이 컸기 때문에 욕심을 부릴 수 없었다. 살림살이도 워낙 빠듯하고 애들은 많고… 결국 내가 희생양이 될 수밖에 없는 상황이었다.

그러나 대구에 혼자 남아 있다가 고3 초에 서울로 다시 올라왔을 때까지 나는 대학교에 대한 미련을 버리지 못하고 있었다. 집안 형편을 뻔히 알면서도 희망을 놓지 않고 부모님 몰래 대입시험 준비를 했던 것이다.

공부하는 것 자체를 좋아하기도 했지만, 가장 큰 이유는 어릴 때부터 꿈꿔왔던 교사가 되고 싶었기 때문이다.

러시아의 문호 도스토옙스키는 "꿈을 밀고 나가는 힘은 이성理性
이 아니라 희망이며, 두뇌가 아니라 심장이다."라고 했다. 나는 그
때부터 현실이 어렵고 힘들어도 희망이 살아 있는 한, 분명 오늘과
는 다른 내일을 맞이할 수 있으리라 믿었다.

그리고 때마침 내 꿈을 이룰 수 있는 수도여자사범대학교가 창
설되었다. 이것이야말로 하늘이 주신 기회라고 생각했다. 휴전 후
수도여자사범대학에 입학하여 교사자격증도 취득하게 되었다. 대
학생활 내내 힘들게 얻게 된 기회인 만큼 다른 사람보다 2배, 3배
더 열심히 공부해야겠다는 생각뿐이었다.

졸업 후에는 중학교로 교생실습을 나가기도 했는데, 그리 길지
않은 시간이었지만 수업시간에 내가 가르치는 것을 모두 흡수하는
아이들을 보며 행복감을 느꼈다. 나 자신이 누군가에게 도움을 주

• 어려운 상황에서도 꿈을 포기하지 않고 열심히 노력한 덕에 입학할 수 있었던
수도여자사범대학교

고 있다는 사실이 무척 기뻤고, 교사야말로 내 천직이라고 느꼈다. 나에게 아이들을 가르친다는 것은 단순한 직업 이상의 의미를 갖고 있었다.

이를 통해 나는 확실히 깨달았다. 내가 힘든 상황 속에서도 짧은 시간이나마 선생님의 꿈을 이룰 수 있었던 것처럼, 어려운 시기에도 자신의 꿈을 포기하지 않고 차근차근 키워나가는 사람에게는 반드시 그 꿈이 현실로 이루어질 날이 온다는 사실이다.

'성실'과 '노력'으로 무장한 사람이라면 누구나 꿈을 통해 성장할 수 있으며, 언젠가는 그 꿈이 빛을 보게 될 것이다. 꿈은 포기하지 않는 자의 희망이며 미래임을 잊지 말자.

• 고3 야유회 때

남편과의
운명적인 만남

피난을 갔다 와서 아버지는 서울의 수도극장 뒤편에서 건축자재 사업을 새로 시작하셨다. 우리 집뿐 아니라 6·25를 겪은 사람들은 대부분 잿더미 위에서 빈손으로 다시 시작해야 했다.

부모님은 자나 깨나 자식들 밥 굶지 않게 하는 것만이 최대 목표였다. 우리 집처럼 형제자매가 많은 데는 입 하나 덜어주는 것도 큰 효도였다. 그러니 맏딸인 내가 빨리 결혼하는 것 또한 집에 큰 도움이 될 수 있었다.

그때 마침 내게 중매가 들어왔다. 건축자재 일을 하시던 아버지와 연이 닿은 것인데, 현대건설 자재부장으로 재직 중인 남자였다.

운명이라고 해야 할까. 고 정주영 회장님의 자서전에도 나오는

싸전 할머니가 우리 아버지의 외삼촌댁이었다. 바로 그분이 연결 시켜 주신 것이다. 그래서 정주영 회장님이 처음에 나를 선보러 오셨고, 그 후부터 현대와의 인연이 시작되었다.

정작 당사자인 나는 이것저것 따져볼 겨를도 없이, 그냥 집에서 시키는 대로 순종했다. 지금 젊은 여성들로서는 상상할 수 없는 일이지만 그때만 해도 부모님 말씀을 거역하는 일은 있을 수도 없는 일이었다. 물론 맏딸로서의 책임감도 단단히 한몫했다.

그렇게 어린 나이에 일찍 결혼을 하게 되었다. 아쉽게도 그토록 원했던 교사의 꿈은 결혼 이후에 내려놓아야 했다.

그렇지만 나는 불평하지 않았다. 중매라고는 해도 귀한 인연으로 좋은 사람을 만나서 결혼을 하게 된 것이고, 이 또한 감사하고 또 감사할 일이었다.

• 남편의 동창모임 송년회

남편은 3대 독자로 외로운 사람이었다. 부모님을 일찍 여의고 삼촌 댁에서 살다가 서울로 올라와 고생도 참 많이 했는데 전형적으로 자수성가한 사람이었다. 그럼에도 참 곧고 바른 심성을 갖고 있었다. 키가 180센티미터가 넘을 정도여서 현대에서는 키다리 아저씨로 통했고, 다른 사람보다 목 하나가 더 커서 멀리에서도 쉽게 찾을 수 있었다.

처음에는 단칸방에서 신혼살림을 시작했지만, 남편의 안정된 직장 덕분에 경제적으로 그다지 어렵지는 않았다. 친정이 어려울 때면 나보다도 남편이 선뜻 나서서 도와줬고, 사위가 아들 역할을 자청할 만큼 착한 사람이었다.

나 역시 그런 남편이 고맙고 마음 한편으로는 고아처럼 자란 것이 애처롭기도 해서 시댁에 성심성의껏 최선을 다했다. 사실 시댁이라고 해봤자 남편과 누님을 키워준 삼촌 댁이 전부였다. 어른들도 내가 결혼할 때는 "시댁 식구들이 없어서 오히려 편할 거야."라고 말씀하실 정도였다.

그런데 막상 결혼을 하고 나니 서울에서 사는 사람은 우리들뿐이라 그런지, 우리 집 문턱이 마를 날이 없었다.

아이들이 조금만 아파도, 누군가 대학에 입학하거나 군대에 가게 될 때에도 마찬가지였다. 그때마다 나는 함께 병원에 가고 대학에 데려다주고 입대 전까지 보살펴 주곤 했다.

어른들은 어른들대로 농사지은 쌀이며 콩 등을 한가득 이고 오셔서 우리 집에서 자고 새벽에 남대문시장으로 팔러

• 제주도에서

가곤 하셨다. 나는 어른들께 아침 점심 저녁을 빠지지 않고 대접하고 차비까지 손에 쥐여드렸다.

가끔씩 힘에 부칠 때도 있었지만, 자신을 키워준 은혜를 잊지 않고 아무리 어려워도 삼촌네 경조사는 다 맡아서 했던 착한 남편 때문에, 나 역시 내가 할 수 있는 최선을 다했고 또 그것이 당연한 도리라고 생각했다.

갑작스럽게
찾아든 불행

결혼 후 평범한 가정주부로 살면서 6남매를 낳아 키웠다. 1남 5녀 중 막내가 아들인데 늦둥이였다.

남편이 3대 독자여서 나는 아들을 낳기까지 마음고생이 무척 심했다. 딸만 줄줄이 다섯을 낳자 남편은 오히려 내가 힘들까봐 여섯째 갖는 것을 반대했다. 그런 남편의 따뜻한 배려 때문에 나는 더 미안한 마음이 들었던 것 같다.

마침내 기다리던 아들을 낳게 되었을 때는 누구보다도 친정 부모님이 좋아하셨다. 특히 편찮으셨던 아버지가 그 소식을 듣자마자 자리에서 벌떡 일어나 내복 바람으로 춤을 추셨을 정도였다고 한다.

• 아들의 첫돌 기념사진

　다행히 6남매 모두 별 탈 없이 바르게 자라주어서 고맙고, 또 한 편으로는 많이 미안하다. 여느 엄마들처럼 늘 곁에 있어주지 못했기 때문이다.

　남편은 회사에서 직책이 자재부장인지라 국내 곳곳을 다니면서 집에도 잘 들어오지 못했다. 자유시간도 없이 한뎃잠을 자며 오로지 회사를 위해서 헌신했다.
　게다가 접대 자리가 많다 보니 술을 마실 때가 잦았는데, 아무래도 그때부터 조금씩 몸이 쇠약해진 듯싶다.

그러던 중 남편이 현대에서 나와 창업을 하게 되었다. 자본이 거의 없었기 때문에 가급적 큰 돈을 들이지 않으면서도 자신의 전문 분야를 살릴 수 있는 사업들을 물색했다. 그것이 바로 와이어링 하네스 분야였고, 1974년 마침내 경신공업을 창립하게 되었다.

이때부터 현대자동차의 부품들을 제조 공급하기 시작하였는데 친구인 당시 현대자동차 정세영 사장님이 물심양면으로 도와준 덕도 컸다.

• 남편과 함께 모터쇼 참석차 일본에 갔다가 들른 관광지. 이때는 부부가 함께 해외에 나가지 못하던 시절이어서 비서라고 둘러대고 동행했던 에피소드가 있다

그 무렵 현대자동차는 울산에서 가까운 경주에 산업단지를 만들어서 자동차산업의 활성화를 꾀하고 있었다.

남편 역시 경주에 공장을 짓고 바쁘게 뛰어다녔다. 그때부터 경주공장에서 거의 살다시피 하여 전보다 남편 얼굴을 보기가 더 힘들어졌다.

그런 와중에도 남편은 불쑥불쑥 아이들과 내가 보고 싶다며 야간열차를 타고 새벽에 집에 오곤 했다. 어릴 때부터 외롭게 자라서인지 가족을 누구보다 소중히 여겼고, 나나 아이들을 끔찍이 위해주었다.

그렇게 한동안 집과 공장만을 오가는 생활이 계속되었다. 아무래도 남편 혼자 객지에 있다 보니 챙겨줄 사람이 없어서 끼니도 자주 거르게 되고, 안 좋은 일이 생길 때마다 술로 달래다 보니 몸이 부쩍 상한 듯했다.

나는 나대로 6남매를 돌보느라 정신이 없었지만, 그래도 그때 내가 왜 남편을 좀 더 유심히 살펴보지 않았는지, 그 생각만 하면 가슴이 먹먹해진다.

불행은 소리 소문 없이 온다고 했던가. 쇠약해진 몸을 주체하지 못하고 결국 남편이 쓰러지고 말았다. 그때 현대자동차 정세영 사장님이 직접 남편을 데리고 병원에 갈 정도로 무던히 애를 써주셨는데, 당시에는 병명조차 알 수 없었고 나중에 알고 보니 췌장암이었다.

남편 스스로도 자신의 운명을 직감했는지 임종 가까워서는 가족들 걱정에 "세영아… 세영아…….” 친구 이름만 부르다, 59세를 일기로 세상을 떠났다.

아내는 집안일밖에 못하는 데다 자식은 많고 아들은 어리고……. 우리들을 두고 떠나는 남편의 심정이 오죽했으랴.

막내가 막 중학교에 입학할 때였다. 세상이 거꾸로 보이고 하도 기가 막혀 눈물도 나지 않았다. 나는 어떻게든 남편의 병이 완쾌될 것이라고 믿고 있었다. 한 번도 남편의 부재를 생각해 보지 않았기에 머릿속이 그대로 하얘졌다.

그동안 누구보다 열심히 살아온 남편을 생각하니 가슴이 더욱 미어졌다. 혼자 고아처럼 살다가 겨우 따뜻한 가정을 이루어 비로소 살 만해지니까… 자기 자신을 위해선 제대로 먹지도 입지도 않고 평생 고생하며 모은 돈으로 회사를 차려 이제 겨우 자리를 잡아갈 만하니까… 이 중 어느 것 하나 제대로 누리지 못하고 눈 감는 순간에도 가족 걱정만 하다가 간 남편을 생각하니, 이토록 기구한 팔자가 또 있을까 싶었다.

• 남편이 건재했을 당시 회사 야유회에 함께 참석했다. 회사에 행사가 있을 때마다 나는 김치는 물론 불고기까지 내 손으로 직접 만들어 직원들에게 대접하곤 했다

• 나를 경영자의 길로 이끌어주고 여러 가지 많은 도움을 주었던 정세영 회장님
 (맨 왼쪽)과

　우물이 마르면 그제야 물의 소중함을 안다고 남편이 떠나고 나니 그의 빈자리가 너무 컸다. 사실 어디서부터 어떻게 뭘 해야 할지도 모르겠고, 넋이 반쯤 나간 상태였다고 하는 게 더 맞는 말 같다.

　그러나 언제까지고 슬픔에만 빠져 있을 수는 없었다. 내게는 엄마만 바라보고 있는 6남매가 있었고, 회사에선 그보다 훨씬 많은 수의 직원들이 자신의 미래를 걱정하고 있었다.

　그리고 무엇보다 남편이 어떻게 세운 회사인데, 남편이 한 그동안의 고생을 이대로 물거품으로 만들어 버릴 수는 없었다.

가정주부에서
경영자로

한동안 아무것도 하지 못한 채 슬픔에 젖어 있는 나를 경영일선으로 이끌어주신 분은 정세영 현대자동차 사장님이었다.

그는 그때까지만 해도 가정주부였던 내게 하루 빨리 사무실로 출근하라고 독려했고, 이제부턴 남편 대신 내가 회사를 책임지고 경영해야 한다며 강하게 밀어붙였다.

결국 나는 남편의 삼우제도 못 지낸 채 곧바로 경영일선에 뛰어들어야 했다. 돌이켜 생각해 보면 그때 정 사장님의 권유와 독려가 없었다면 오늘날의 경신 또한 없었을 것이다.

이밖에도 정 사장님은 현대차 간부직원들을 경신으로 파견해 업무에 차질이 없도록 지원해 주었다. 이 같은 조치는 단순히 친분 때문만은 아니었다.

경신은 한국 최초의 국산 자동차인 '포니'의 와이어링 하네스_{자동}차 각 부위에 전력과 신호를 전달하는 배선. 일종의 차량의 혈관과도 같음를 납품하고 있었는데, 경신이 생산 차질을 겪는다면 현대차의 생산라인도 타격을 입을 수밖에 없는 상황이었다.

• 정세영 사장님은 수시로 (주)경신의 경주공장을 방문하여 현장에서 필요한 여러 가지 조언을 해주곤 했다

그렇지만 회사 경영은 물론이고 자동차 부품에 대해서는 아무런 지식도 없는 내가 어떻게 회사를 맡는단 말인가?

덜컥 겁이 났다. '이러다가 나 때문에 회사가 잘못되면 나중에 남편 얼굴을 어떻게 보나……' 하는 걱정이 가장 컸다. 그렇다고 두 손 놓고 가만히 있을 수도 없었다. 그러기에는 딸린 식구들이 너무 많았다.

누구든 어려운 결정을 내려야 할 때에는 혹시나 지금의 선택이 잘못된 것은 아닌지 망설이게 된다. 그러나 나는 내가 죽을힘을 다해 노력한다면 적어도 후회는 하지 않으리라는 생각이 들었다. 그 순간 망설이지 않고 결단을 내렸고, 곧바로 당시 사무실이 있던 인천시 서구 가좌동으로 출근했다.

출근 첫날부터 혹독한 경영수업이 시작되었다.

하루아침에 가정주부에서 전문경영인으로 역할이 바뀌었음에도 내가 회사 업무에 대해 알고 있는 것은 전무했다.

남편은 워낙 말수가 적은 데다 내가 걱정할까봐 한 번도 집에서 회사 얘기를 한 적이 없었다. 어깨 너머로라도 회사에 대한 이야기를 들은 적이 없다 보니, 모든 일을 백지 상태에서 시작해야 했다. 무엇보다 업무 파악이 시급했다.

출발이 한참 늦은 내가 남들을 따라잡으려면 더 부지런히, 더 열심히 뛰는 길밖에 없었다.

새벽 5시 30분에 일어나 출근했다. 직원들과 같이 작업복을 입고 현장실습을 하며 일을 배웠다. 모르면 물었고 궁금하면 현장에 직접 찾아갔다. 공장에 가서도 앉아 있을 시간조차 없었다.

지위 고하를 막론하고 모든 직원이 나의 선생님이었다. 그렇게 조금씩 보기만 해도 눈이 어지러운 자동차의 배선을 한 줄 한 줄 파악해 갔다.

그 무렵 현대자동차 정 사장님은 나만 보면 "남편이 어렵게 일군 회사인데 빨리 위기를 극복해야 되지 않겠느냐?"라고 독려했다.

시간은 그 누구도 기다려주지 않는다는 것을 나는 잘 알고 있었다. 1분 1초도 허투루 쓸 수 없었다.

당장 숭실대 최고 경영자 과정에 등록했다. 평범한 주부였던 내가 경영자로 바로 서기 위해서는 시간을 쪼개서라도 남들보다 더 부지런히 공부하는 방법밖에 없다고 생각했다.

• 숭실대학교 최고경영자 과정

회사 업무가 끝나면 학교로 달려가 경영인들이 알아야 할 지식을 습득해 나갔다. 숭실대를 시작으로 서울대, 연세대, 서강대, 전국경제인연합회, 한국여성경제인연합회 등에서 최고경영자 과정을 수료했다. 그때부터 낮에는 일하고 저녁엔 대학 강의를 듣는 생활이 10년간 이어졌다.

학교를 마치고 집에 오면 저녁 10시. 학교에서 배운 것과 그날 읽은 책 구절 중 중요한 부분을 메모하고, 기사를 스크랩하는 것에 매일 2시간 이상을 투자했다. 그러다 보면 잠자는 시간은 새벽 1, 2시가 훌쩍 넘었다.

강의를 듣다가 이해가 되지 않으면 망설이지 않고 교수에게 질문했고, 함께 수업을 듣는 경영인들에게 귀동냥을 했다. 들은 건 빠짐없이 메모했고 반복해서 읽으며 암기했다.

그렇게 모은 노트가 지금은 수백 권에 이른다. 내 집무실 책장과 집 서재엔 그때 썼던 까만색 대학노트가 빼곡하게 꽂혀 있다. 나는 이 노트들을 볼 때마다 남몰래 흐뭇한 미소를 짓는다. 내가 나 자신에게 준 훈장이라고 생각하기 때문이다.

중국의 작가 루쉰은 말했다. "길을 찾지 못했을 때 우리에게 필요한 것은 꿈이다. 미래에 대한 꿈이 아니라 현재에 대한 꿈이다."

그 무렵의 나는 망망대해에 홀로 떠 있는 느낌이었지만 절망하

고 슬퍼할 여유조차 없었다. 미래는커녕 오늘 하루를 버텨내는 것
도 힘겨웠다. 회사에서도 집에서도 막중한 책임감이 내 두 어깨를
짓누르고 있었다.

　다만 한 가지, 하루하루 현재에 충실하며 열심히 노를 젓다 보면
분명 역경 속에서도 '기회'라는 섬에 다다를 수 있다고 믿었다. 그
리고 그것을 스스로 증명하기 위해 무던히 노력했다.

● 차곡차곡 쌓여 있는 메모노트들,
　내게는 무엇보다 소중한 자산이다

• 평범한 가정주부였던 내가 경영
일선에 뛰어들어 처음으로 수상하
게 된 100만불 수출탑. 그간의 노
력이 헛되지 않은 것 같아 무척 보
람을 느꼈다

CHAPTER 2

나의 **행동**이 곧 나의 **운명**이다

추운 겨울을 보낸 봄 나무들이 더 아름다운 꽃을 피우듯이
진정한 고난과 시련을 경험하지 않은 사람은
크게 성장할 수 없고
눈앞에 다가온 행운도 잡지 못하는 법이다.

지금 돌이켜보면
그때 힘들고 어렵다고 생각한 일에 도전하고 적극적으로 맞선 것이
오히려 좋은 결과를 불러왔다.
내가 살면서 겪은 고난과 좌절은 내 인생의 전환점이었고
가장 큰 행운인 셈이다.
가난과 역경은 가혹한 운명이 아니라
나를 단련시키기 위해
신이 내게 준 최고의 선물이었다.

- 이나모리 가즈오(교세라 창업회장) -

운명을
숙명으로

일과 공부를 병행한다는 것은 생각보다 쉬운 일이 아니었다.

내가 다녔던 대학들의 최고경영자 과정과 전국경제인연합회, 한국여성경제인연합회 등은 각각의 특색을 갖고 있었다.

그 중에서도 서울대학교는 무척 깐깐하여 애를 먹었는데, 그 시절만 해도 사장들 대부분이 남성이었기 때문에 여성 수료생이라고는 나를 포함하여 딱 2명뿐이었다. 여성으로서는 다소 불리한 상황에서도 나는 6개월 간의 교육 과정을 한 번도 빠짐없이 출석하며 수료했다.

전국경제인연합회의 경우에는 전국적으로 경제인들이 운영하는 회사를 가 볼 수 있는 기회가 많아서, 업무를 파악하는 데 도움이 되었고 실질적으로 많은 것을 배울 수 있었다.

그런데 나는 그것으로도 성이 안 차, 아침에 경제인들 조찬모임이 있다 하면 꼭 쫓아가서 듣곤 했다. 내가 조금만 더 부지런을 떨면 갈 수 있는 데 왜 안 가겠는가.

생각해 보라. 한 기업의 오너들은 적어도 대학이나 대학원, 유학까지 가서 전문공부를 한 사람들인데 나는 평범한 주부였으니 게임이 되겠는가? 명함조차 내밀 수 없었다. 그러니 이런 데라도 열심히 쫓아가서 듣고 배워 조금씩이라도 지식을 익히려 한 것이다.

몸은 고달팠어도 그 시절 그렇게 열심히 쫓아다니고 공부하고 듣고 한 것들이 차곡차곡 쌓여, 오늘날의 나를 만들고 현장경영에도 참 많은 도움이 되었다.

• 이 무렵에는 대학의 최고경영자 과정 이외에도 조찬 모임이란 모임에는 다 참석하여 한 가지라도 더 배우기 위해 노력했다

그리고 그 과정에서 내 평생의 멘토가 돼준 분과도 귀한 인연을 맺었다. 그분은 바로 내가 처음으로 최고경영자 과정을 들었던 숭실대학교의 어윤배 총장님이다.

처음에는 아무리 공부하고 쫓아다녀도 이 분야에서 오래 일한 사람들을 따라잡기가 쉽지 않았다. 조급한 마음에 가슴이 답답해졌고, 답답하니까 더 열심히 쫓아다니고 더 열심히 공부했다. 특히 공장 투어에는 누구보다 열심히 참여했는데, 그때부터 조금씩 일에 대한 눈이 떠지기 시작한 것 같다.

어 총장님은 늘 적절한 말씀과 충고로 멘토 역할을 참 잘 해주셨다. 나는 그 무렵 '회사 조직에 대해 아무것도 모르는 상태에서 어떻게 해야 내가 잘 할 수 있을까?'에 대해 늘 고민했다. 더군다나 이 분야에 대한 전문지식이 없어서 교수님 강의를 못 알아들을 때가 많았는데, 그럴 때마다 어 총장님은 "열 마디 중 한마디만 알아들어도 됩니다. 천천히 하세요."라며 독려해 주셨다. 정말이지 큰 힘이 되었다.

또한 총장님은 경영인으로서의 바람직한 자세에 대해서도 좋은 충고를 해주셨다.

"이제는 오너가 먼저 다가가야 합니다. 우선 직원들 이름을 잘 기억하고 있다가 만날 때마다 불러 보세요."

어 총장님 말씀대로 직원들의 이름을 외우기 시작했다. 결론부터 말하면, 총장님이 옳았다.

임원들뿐 아니라 말단 사원들 이름까지 일일이 기억하려고 노력했고, 직원들의 각종 경조사를 챙기기 시작했다.

이렇게 꾸준히 하다 보니 자연스럽게 직원들의 신뢰를 얻게 되었고, 이는 내가 리더십을 구축할 수 있는 자양분이 돼주었다.

• 서울대학교 · 서강대학교 최고경영자과정 수료

그러나 날이 갈수록 체력이 고갈됨을 느꼈다. CEO의 입장에서는 주경야독하는 것에 굉장한 노력이 필요했다. 게다가 노력하는 것에 비해 좀처럼 가시적인 성과를 느낄 수가 없어 답답했다.

하루는 몸도 안 좋고 컨디션도 나빠서 '지금 내가 제대로 하고 있는 건가?' 하는 염려 아닌 염려가 들었다. 조급한 마음에 그 길로 어 총장님께 가서 물었다.

"총장님, 정말 이렇게 10년 공부하면 성과가 있을까요?"
총장님은 온화한 미소를 지으시며 답하셨다.
"걱정 마세요. 모르는 건 몰라도, 아는 건 다 잘하게 될 겁니다."

어 총장님의 이러한 가르침들은 그 힘들었던 시기를 넘기는 데 큰 힘이 되었다. 이와 동시에 평범한 주부에서 전문 경영인이 된 내 운명을 탓하기보다는 숙명으로 받아들이고, 더 열심히 정진할 수 있는 계기가 되었다.

시련은
또 다른 나를
만든다

처음 회사를 맡게 되었을 때는 제품에 대한 이해와 경영 전반에 대한 경험 부족으로 적잖은 어려움이 있었다.

그러나 타석에 들어서지 않고는 홈런을 칠 수 없는 법이다. 행동하지 않으면 그 어떤 것도 달라지지 않는 것이다. 결국 현장으로 달려가 몸으로 부딪치는 수밖에 없었다.

어떤 기업이나 마찬가지겠지만 특히 제조업의 경우 회사가 원활히 돌아가려면 공장부터 잘 돌아가야 한다. 내게는 그 당시 경신에게 있어 가장 중요한 역할을 하고 있던 경주공장의 정상화가 급선무였다.

경주공장은 공장장이 툭하면 그만둔다고 배짱을 부리고 있었고, 공장장 상태가 그러하니 일반 공원들도 일에 전념하기 힘든 상태였다.

나는 그 얘기를 듣자마자 경주로 달려가 직접 공장장의 집을 찾았다. 그런데 문전박대도 그런 문전박대가 없었다. 공장장 부인이 거만한 표정으로 "그만두겠다는데 왜 자꾸 찾아오느냐?"며 대놓고 불쾌해했다.

살면서 이런 경우를 당해본 적이 없어 무척 당황했지만, 내가 할 수 있는 최선을 다해 몇 번이고 더 찾아가 부탁했다. 그러나 결국 공장장이 그만둠으로써 이런 내 노력은 수포로 돌아가 버리고 말았다. 이후 새로운 공장장이 오게 되었는데 하루가 멀다 하고 경주공장으로 출근하여 하나라도 더 배우려고 열심히 뛰어다니는 초보 사장 모습에 감동했는지, 새 공장장을 비롯한 모든 직원들이 협력한 덕분에 얼마 안 가 경주공장도 본모습을 찾게 되었다.

그 무렵에는 진짜 본사가 있는 인천과 경주공장만 왔다 갔다 했다. 낙담하거나 슬퍼할 여유조차 없었고, 무조건 앞길만 내다보고 달리느라 뒤 한 번 돌아볼 새가 없었다. 그렇게 경주공장 문턱이 닳도록 드나들었는데도 지금까지 경주에서 그 좋다는 남산 한 번 못 가봤을 정도이다.

그러다가 며칠 만에 집에 와도 밀린 집안일과 아이들 때문에 쉴 수가 없었다. 그러나 쓰러지고 싶어도 쓰러질 수 없었다. 내가 쓰러지면 아이들은 어떡할 것이며 남편이 피땀으로 세운 회사는 또 어떻게 되겠는가.

경영일선에 뛰어들어 별별 일을 다 겪으면서 그대로 주저앉고 싶을 때에도 나는 '오기' 플러스 '책임감'으로 마음을 다잡고 이를 악물었던 것이다.

• 직원들과 소통하기 위해서는 현장을 직접 방문하는 것이 가장 좋은 방법이었다. 경주공장

하늘에 있던 남편이 혼자서 1인 4역어머니+가장+CEO+학생을 하며 이리 뛰고 저리 뛰고 하는 내가 안쓰러웠던 것일까.

다행히 창립 초기부터 함께한 임직원들의 도움과 남편의 창업정신을 이어야 한다는 신념으로 열심히 달려온 덕분에 크고 작은 난관들을 극복해 나갈 수 있었다.

사실 남편 대신 회사 경영을 책임지게 되었을 때는 내가 '여성'이라는 이유만으로도 주목을 받았다. 그 어느 분야보다 남성 중심적인 영역인 자동차 업계였기 때문에 더했으리라. 협력업체 중 유일한 홍일점 CEO였으니 납품하는 모기업이나 동종업계의 주목을 받을 수밖에 없었다.

그런데 뒤돌아서면 비웃듯이 "저 회사가 며칠이나 가겠냐?" 하는 소리가 들려왔다. 나는 그 소리가 너무 듣기 싫고 가슴 아파서 이를 더 악물었다. 그 때문에 하루도 마음 편할 날이 없었다. 오로지 이대로 무너지면 안 된다는 생각과 어떻게 하면 더 잘 할 수 있을까만을 고민하고 또 고민했다.

이미 사업현장에 뛰어들기로 결단을 내린 이상 후회는 하지 않았다. 고생이라고 생각하지도 않았다. 이렇게 될 운명이었다고 숙명처럼 받아들이고, 죽어서 남편을 만나도 부끄럽지 않게 회사를 이끌어야겠다는 일념뿐이었다.

그때부터 나는 스스로에게 여성이 아니라고 최면을 걸었다. 사실은 무척 내성적인 천생 여자였는데도 말이다. 그저 싫은 것도 좋은 것도 없이 열심히 앞만 보고 갔다.

그 결과 사장으로 취임한 첫해인 1985년에 '100만 불 수출탑'을 받을 수 있었고, 1987년에는 'KS 표시 허가'를 얻는 성과를 거뒀다.

이후 회사 경영도 공격적으로 펼쳐 1988년에 승용차 하네스를 제작하는 강동공장을 준공하였고, 1989년에는 자동차용 전선을 생산하는 아산공장을 준공하여 도약의 발판을 만들 수 있었다. 이후 자동차산업이 좋아지면서 납품 물량도 늘어나 거의 1년에 한 번꼴로 공장을 짓게 되었는데, 2000년까지 4개의 공장을 새로 지었다.

• 아산공장 기공식(1988년)

이 과정에서 내가 가장 중요하게 여긴 것은 기업인으로서의 사회적 책임감과 소명이었다.

• 조회시간에 이달의 우수사원을 표창하고 있다

• 직원 교육현장에도 빠짐없이 참석해 개선할 점들을 체크했다

'기업은 단순한 일터를 넘어 가정의 확장'이라는 신념하에 그 무렵 2천여 명의 회사 임직원에 대한 책임감은 물론 나아가 계열사까지 포함해 4천여 명, 더 나아가 그들의 가족까지 1만여 명을 책임지고 있다는 기업인의 소명을 잊지 않았다.

나는 일자리를 창출하고 고용을 증대하는 것이야말로 기업인이 느끼는 가장 큰 보람 중 하나라고 생각한다. 앞으로도 사업 확대를 통한 고용 증대를 장려함으로써 사회적으로 심각한 문제로 대두되고 있는 실업 해소에도 적극 노력할 계획이다.

• 경신 신년회 인사말

그리고 이 시절, 내가 무엇보다 감사했던 것은 갑자기 일을 하게 된 엄마를 원망하지 않고 잘 자라준 아이들이다.

천성이 온순해서인지 딸아이들은 엄마 처지가 그러니까 다 이해한다면서 오히려 나를 잘 보필해 주었다. 하루는 가방을 열어보니 삶은 밤이 들어 있었는데, 제때 식사를 못하는 엄마를 위해 딸아이들이 밤을 삶아 넣어놓은 것이었다. 그때의 감동이라니!

막내딸은 고3이었고 막내아들은 중1이었다. 특히 제일 어렸던 막내아들에게 가장 미안했는데, 처음 경주공장에 내려가 며칠씩 있을 때는 아들을 데리고 다니기도 했다.

한창 엄마의 보살핌이 필요한 시기였는데도 속 썩이지 않고 바르고 건강하게 자라줘 얼마나 고마운지 모르겠다.

• 인천공장

선택의 여지가
없을 때는
용감하게 맞서라

회사가 어느 정도 궤도에 올랐다고 생각할 무렵 또 다른 위기가 찾아왔다.

1989년 현대자동차에서 배선사업을 다원화한 것이다. 그동안 독점적으로 와이어링 하네스를 공급해 오던 경신에겐 날벼락과도 같은 소식이었다. 독점 공급하던 시장에 처음으로 경쟁자가 생기게 된 것이다.

사실 현대차가 와이어링 하네스에 대한 가격과 품질 경쟁력 강화를 위해 납품처를 다원화하는 건 필요한 수순이었다. 하지만 우리 회사로서는 당장 매출이 감소할 수밖에 없는 절박한 상황에 놓이게 되었다. 처음에는 이원화, 삼원화가 되더니 나중에는 오원화까지 되었다. 그만큼 물량도 줄고 다른 업체에서 사람도 자꾸 빼갔다. 원래는 열을 할 것을 둘밖에 못하게 되니 타격이 클 수밖에 없었다.

게다가 경쟁업체들은 오래 전부터 전문적으로 일해 온 창업자들이라 신설비도 구비해 놓고 있었다. 나는 회사 형편상 돈을 한 푼이라도 아끼기 위해 설비 투자에 다소 소극적이었는데, 그 때문에 우리 회사가 설비도 제대로 갖추지 못했다는 이야기를 듣게 되면, 그것이 또 얼마나 괴로웠는지 모른다. 그럴 때마다 의기소침해지곤 했다.

당시 현대자동차의 정세영 사장님은 남편 때부터 인연 있는 사이였다.

'경신'이라는 회사 이름도 정 사장님이 직접 지어온 것이고, 남편이 세상을 떠나자 나를 경영일선으로 이끌어준 분도 정 사장님이었다. 직원들을 통해서 내가 어느 학교를 다니는지 등등 나에 대한 정보를 다 듣고 있었고, 현장에도 자주 순시를 나와 내가 잘하나 못하나 보고 가기도 했다.

현대자동차 협력업체상 수상

그분이 돌아가시기 전 내게 했던 말을 잊을 수가 없다.

"김 여사, 미안합니다. 이 형이 가고 집 안에서 살림만 하던 사람이 회사에 나와 오밤중까지 일하는 거 보니 딱해서… 그래서 그랬던 건데… 김 여사가 이렇게 잘해낼 줄 알았다면 그때 내가 왜 다원화를 시켰겠습니까? 지금 보니 이 형보다도 훨씬 낫게 잘하는 것을… 오히려 더 도와줄 것을… 얼마나 내가 미웠겠습니까… 미안합니다. 미안합니다."

정 사장님께 그런 말을 듣고 보니 마음 깊숙이 숨겨놓았던 섭섭함은 눈 녹듯이 사라지고, 눈시울이 뜨거워져서 정 사장님을 붙잡고 울었던 기억이 생생하다.

• 경주공장을 방문한 정세영 회장님

어떻게든 이 고비를 넘겨야 했다. 선택의 여지가 없을 때는 용감하게 맞서라고 하지 않던가.

나는 숙고 끝에 해외 수출 쪽으로 눈을 돌려 위기를 기회로 만들기로 결심했다. 만약 그때 계속 현대만 바라보고 국내 시장에 안주하는 쪽을 선택했다면 지금의 성장도 없었을 것이다.

당시만 해도 자동차 부품의 해외수출은 활발하지 않았다. 그러나 나는 가능성이 충분하다고 판단했다. 주요 납품처였던 현대차가 앞으로 해외 생산기지를 세계 곳곳에 세울 것이라는 전망도 한몫했다.

서두르지 않고 긴 호흡으로 차근차근 준비했다. 이렇게 시작된 해외수출은 2000년대 들어 본격적인 성장기를 맞았고, 경신이 성장하는 데 일등공신 역할을 했다.

그 결과 경신은 2003년 '1억 불 수출탑'을 수상했다. 포기하지 않고 용감하게 맞서서 얻어낸 값진 성과였다.

대부분의 가치 있는 것은 부딪쳐 봐야 얻을 수 있는 것이며, 열린 문도 기회이지만 닫힌 문도 기회임을 실감하는 순간이었다.

• 해외에 수출중인 자동차 전선 신제품 전시 부스

도전할수록
실패할 확률은
줄어든다

"해 뜨기 전이 가장 어둡다."는 말이 있다.

경신의 첫 해외진출은 1997년 시작된 IMF 구제금융 기간에 이뤄졌다. 무대는 인도였다. 나는 현대차가 인도에 진출한다는 정보를 듣고 인도 현지에 생산 공장을 짓기 위해 두 팔을 걷어붙였다.

그리고 마침내 성사되는 듯했지만 예상치 못한 먹구름이 드리웠다. IMF 구제금융으로 인해 우리나라 경제가 통째로 흔들리기 시작한 것이다. 환율은 급등했고 소비는 침체의 늪으로 빠져버렸다. 납품 대금을 받지 못하는 중소기업이 속출했고, 대기업들조차 대출을 받지 못해 곳간이 말라가는 것을 두 손 놓고 바라볼 수밖에 없었다.

경신도 예외는 아니었다. 어쩔 수 없이 희망퇴직을 실시하여 생살을 도려내듯 직원 500여 명을 퇴직시켜야 했다. 그 후부터 더욱 허리끈을 졸라매고 긴축 경영에 나섰다.

그러나 우리 회사는 수많은 기업이 전례 없는 심각한 경영난과 자금난을 경험했던 IMF 체제하에서도, 노사가 혼연일체 되어 '회사 살리기 운동'을 전개함으로써 조기에 정상적인 조업상태를 이룩해 낼 수 있었다.

• 노사분규가 없는 회사를 만들기 위해 자주 노사간담회를 열고 직원들의 말에 귀를 기울였다

그렇게 대내외적으로 어려운 상황임에도 불구하고 나는 인도만큼은 포기할 수 없었다. 경신의 브랜드를 세계시장에 널리 알리는

데 경영의 초점을 맞추고, 또다시 새로운 시장에 도전해 보자고 결심했기 때문이다.

그러나 회사 내부에서 인도 진출을 우려하는 목소리가 커져 갔다. 나 역시 최종 결단을 내리기 전까지 걱정되는 점도 있었으나, 그래도 해외시장 개척 없이는 회사의 미래도 없다는 판단을 끝까지 고수했다.

"도전하지 않으면 100퍼센트 실패합니다. 도전하면 실패 확률은 50퍼센트로 줄어들고, 성공 확률은 50퍼센트 늘어납니다. 도전! 도전합시다."

그때 내가 우려하던 임직원들에게 했던 말이다.

기업의 운명을 좌우하는 중대 결정은 최종적으로 CEO의 몫이다. 그 결과에 대한 책임 또한 마찬가지이다. 그래서 이 자리가 늘 외롭다.

대신 의사 결정을 할 때 돌다리도 두드리며 건너는 신중함은 잊지 않았다. 인도 시장을 미리 경험했던 다른 경영자들과 면담을 해주의사항을 꼼꼼하게 챙겼다.

그렇게 천신만고 끝에 1997년 인도 법인을 설립하였다. 결과는 예상 이상으로 성공이었다.

• 인도 현지 공장에서 직원들과

• 인도의 합자회사 회장의 아들 결혼식에 나도 아들과 함께 참석했다

인도 진출로 탄력을 받은 경신은 이후 2002년 중국, 2003년 미국에 잇따라 공장을 설립했다. 동시에 현대차의 생산 공장이 없는 캄보디아와 온두라스, 멕시코에도 현지 법인 및 공장을 설립하여 생산 네트워크를 구축하게 되었다.

• 중국진출 협정관계자 인천공장 방문

• 멕시코 듀랑고 공장에서

중국은 물가와 인건비의 상승으로 예전만큼 많은 수익을 기대할 수 없는 상황이었다. 이제는 인건비가 낮은 캄보디아와 온두라스 등에서 부품을 생산하여 중국, 미국 등에 납품하는 것이 더 낫다고 생각했고, 이를 곧바로 실행으로 옮겼다.

인도를 시작으로 세계화 경영에 한 발 더 다가서는 것과 동시에, 현재 경신은 수출증대 및 해외시장 개척에도 최선의 노력을 다하고 있다.

• 미국지사 직원 방문

• 중국 청도 경신공장 우수직원 초청

HP의 전 CEO 칼리 피오리나는 "스스로의 한계나 사람의 장래를 미리 결정하지 말라. 사업의 최대 장애물은 일을 시작하기도 전에 스스로 한계를 정하는 것이다. 사람과 사업은 자신이 생각하는 것보다 훨씬 더 큰 잠재력을 가지고 있다."라고 말한 적이 있다.

그녀는 도전적인 상황에 일부러 마주하며 온 것이 자신의 성공 비결이라고 한다. 성공한 사람과 그렇지 못한 사람의 가장 큰 차이는 얼마나 많이 실패했느냐가 아니라, 실패를 두려워하지 않고 얼마큼 다시 도전하느냐에 달려 있다는 것이다. 나 역시 성공은 도전하는 자의 몫이고, 미래는 도전하는 자에게만 다가온다고 생각한다.

우리 모두 실패하면서도 계속 도전하는 배짱을 가질 수 있어야 한다. 실패했다고 가만히 있으면 죽을 때까지 아무것도 달라지지 않는다. 한 번 실패해도 도전할 기회는 두 번, 세 번, 얼마든지 있다. 계속 도전할 때에만 실패도 극복할 수 있다.

다시 말해 한 번 도전해서 한 번 실패하면 실패율이 100퍼센트이지만, 열 번 도전해서 한 번 실패하면 10퍼센트로 줄어든다. 도전을 많이 할수록 실패할 확률보다는 성공할 확률이 높아지는 것이다.

단 하루도
긴장의 끈을
놓지 마라

 남편 대신 회사를 맡게 된 첫날부터 나는 단 하루도 긴장의 끈을
놓지 않고 살았다. 평범한 가정주부였던 내게는 사실 하루하루가
도전의 연속이었다. 그렇지만 나는 여기서 멈추지 않고 회사가 어
느 정도 궤도에 올라서게 되자 또 다른 도전을 꿈꿨다.

• 초창기 자동차부품
산업 전시회 때
경신 부스 앞에서

2003년 독일에서 열린 프랑크푸르트 모터쇼에 우리 회사의 모듈
카를 선보이기로 한 것이다. 즉 자동차 배선을 생산하는 전문업체
인 경신의, 첨단 배선의 흐름과 기술을 한눈에 보여주는 모듈카를
제작해 출품한 것이다.

대부분 완성차 업체나 세계적인 부품 업체들의 행사로 인식되는
세계 최대 규모의 모터쇼에서 한국의 부품 업체가 콘셉트 카를 선
보인 것은 매우 이례적인 일이었다.

• 프랑크푸르트 모터쇼에서

우리가 만든 모듈카, 'KSF-II'는 세계 자동차 업계를 대상으로 경
쟁력 있는 국내기술을 선보이고 해외진출을 모색하기 위해 총 8억
원을 투입해 제작한 콘셉트 카였다.

LCMlighting control module, FPCflexible printed circuit 등의 자체 첨단기술을
이용하여 기존 하네스에 비해 30% 가벼울 뿐만 아니라, 당시 세간
으로부터 공간 확보와 생산 자동화에도 큰 도움이 된다는 평가를
받았다.

나는 임원들과 함께 우리의 'KSF-Ⅱ'가 전시되어 있는 '독일 프랑
크푸르트 모터쇼'에 참석했다. CEO가 직접 세상에서 가장 경쟁이
치열한 현장에 뛰어들어 경신의 존재감을 전 세계 자동차 업계에
알리는 한편, 임직원들에게 정신 똑바로 차리지 않으면 경쟁에서
살아남을 수 없다는 점을 심어주기 위해서였다.

이를 계기로 경신은 세계 자동차 부품시장에 세계 최고 수준의
한국 와이어링 하네스자동차배선 기술을 공개함으로써 이 분야의 선
도 업체임을 각인시켰고, 세계적인 자동차 기업들의 관심을 이끌
어냈다. 이와 더불어 모듈카를 통해 경신의 기술력을 확인한 자동
차 업체들의 러브콜이 이어지는 등 기대 이상의 성과를 얻을 수 있
었다.

이 같은 성과는 과감한 결단력과 세계 수준의 기술에 대한 경신
만의 자신감 및 프로정신, 그리고 해외 시장 진출에 대한 포부가
있었기에 가능했다고 생각한다.

신기술 개발에 힘을 쏟은 결과
인 동시에 실패를 두려워하지 않
고 도전하여 이루어낸 쾌거였다.

이때의 노하우를 바탕으로
'2005 서울국제모터쇼'에서 선
진 자동차 기술인 에너지 절감

• 전시회 때 경신의 상품들을 소개하
니 노무현 전 대통령 부인 권양숙 여
사가 "아니, 이런 부품들이 자동차
속에 들어 있었어요?" 하며 무척 신
기해했다

을 위한 하이브리드카 기술과, 자동차배선 경량화를 목적으로 한
CAN통신을 이용한 콘셉트 카를 또다시 선보임으로써 국내외에 경
신의 기술력을 자랑할 수 있었다.

• 우리나라에서 모터쇼가 열릴
때마다 경신은 꾸준히 참여
해 왔다.

• 당시 산업자업부 장관과

이후 '2010 인천국제자동차부품전시회'에서는 전기자동차 완속
충전기, 커넥터, 고전압 와이어 등 각종 첨단 친환경자동차 부품을
선보여 인천지역 핵심기업으로서의 위상을 과시했고, '2011 서울
모터쇼'에선 전기자동차·하이브리드카 등의 친환경 자동차에 사용
되는 완속충전기, 고전압 커넥터 및 전선 등 친환경 자동차부품을
전시했다.

경신 초기에는 현대자동차에서 요구하는 대로 배선을 만들어 내
는 것만도 힘에 겨웠던 것이 사실이다. 그런데 이제는 해외 선진기
술을 미리 터득하여 모기업인 현대에 도움을 주는 역할까지 하고
있으니, 경영자로서 그 보람은 이루 말할 수가 없다.

• 2017 서울모터쇼

• 주영환 산업통상자원부 장관(좌), 신달석 한국자동차산업협동조합 이사장과

• 이영섭 자동차부품산업진흥재단 이사장과

第 17 回
仁川廣域市
産業平和大賞 受賞
2007. 12
경신공업 주
仁川廣域市

산업평화대상 수상(2007년), 안상수 인천시장과

CHAPTER 3

남과 **똑같이** 하면 절대 **이길 수** 없다

나의 인생이란 무엇인가?
나는 무엇을 이루고 싶은가?
자신의 에너지를 어디에 써야 좋은가?
이것을 결정하는 것이 중요하다.
그런 의미로 나는 이 한 문장을 정했다.

"오르고 싶은 산을 결정하라.
이것으로 인생의 반은 결정된다."

자신이 오르고 싶은 산을 정하지 않고 걷는 것은
길 잃고 헤매는 것과 같다.

- 손정의(소프트뱅크 회장) -

신기술 개발만이
살길이다

2005년 나는 글로벌 경쟁력 강화를 위해 또 한 번의 승부수를 던졌다. 일본 스미토모Sumitomo사와 50% 합작으로 경신의 새로운 출발을 시작한 것이다.

몇 년 전부터 기존 사업만으로는 기업이 성장하는 데 한계가 있다고 생각했다. 매년 20% 이상 성장하는 상황이었지만 글로벌 저성장 기조 속에 새로운 사업의 필요성은 점점 커져갔다.

때마침 친환경 바람을 타고 전기자동차가 급부상하는 것을 보고 회사의 미래를 이것에 두기로 했다. 전기자동차에 들어가는 부품을 만들면 성공하겠다는 생각이 들었기 때문이다. 일찌감치 자동차 부품을 생산해 온 경험도 큰 도움이 되었다.

2000년대 중반까지 우리 회사는 현대차에 주로 납품하면서 성장해 왔다. 이후 와이어링 하네스 부문 경쟁사들 중에서 '글로벌 톱 5' 목표를 달성하기 위해서는, 선진 기술을 도입하여 이를 토대로 좀 더 수준 높은 기술력을 확보할 필요가 있었다.

물론 스미토모사와의 자본 합작이 결코 저절로 얻어진 것은 아니었다. 일본 특유의 폐쇄성과 보수적인 의사결정 체계가 걸림돌로 작용하였는데, 우리는 그럼에도 포기하지 않고 끈기 있게 스미토모의 문을 두드렸다.

그 무렵, 마침 나고야에 거래하는 기업이 있어 일본에 자주 갔었다. 그런데 알고 보니 스미토모의 본사도 나고야에 있는 것이 아닌가. 자연스럽게 일본에 출장을 갈 때마다 스미토모 사람들과 자주 만나는 자리를 가졌다.

경쟁력을 키우려면 앞선 기술을 갖고 있던 스미토모와의 합작이 필요했다. 경신뿐 아니라 스미토모 측에게도 한국 시장에 진출함으로써 큰 수익을 얻게 될 것이라고 꾸준히 설득했다.

어떤 일이든 처음부터 쉬운 일이 어디 있겠는가? 괜히 일만 저지르는 건 아닌가 싶어 맘고생도 많았지만, 얼마 안 가 우리의 진심이 통했는지 스미토모 그룹의 마스모토 회장이 적극적으로 협조해

• 이승관 사장과 함께 수시로 방문했던 일본 스미토모사

주어 그들과의 긴밀한 협력 체제를 형성할 수 있었고, 이후 커넥터 사업도 확대하게 되었다. '열심히 도전해 나가자'라는 신념으로 한 걸음 한 걸음 내딛은 덕분이라고 생각한다.

이렇게 시작된 전자부품 사업이 이제는 기대 이상의 성과를 내고 있다. 현재 현대와 기아자동차에 탑재되고 있고, 기술력을 인정받아서 해외법인을 통해 글로벌 시장에도 진출하였다. 최근 2년간 매출만 1,500억 원 이상으로, 새로운 성장 동력으로 확실히 자리 잡은 셈이다.

2013년부터 시작된 커넥터 사업은 시간이 지날수록 점점 성과가 나오고 있다. 커넥터는 복잡하고 어려운 배선작업을 줄여주는 역할을 한다. 자동차의 전자화가 빠르게 진행되는 만큼 커넥터의 수요 역시 앞으로 더 늘어날 것이고, 회사의 효자 노릇을 톡톡히 할 것이다.

지난 2015년은 스미토모와 자본 합작을 한 지 10주년이 되는 해였다.

그때에도 나는 직접 일본의 스미토모사로 날아가 "어느새 우리 두 회사가 손을 잡은 지 10년이 됐다. 함께 더 노력해서 고객이 원하는 신기술을 개발해 내자."라는 말을 남기고 왔다.

21세기는 무한경쟁 사회이다. 자동차부품 전문 생산업체인 경신으로서도 현대자동차 외 납품처 다원화와 자동차부품의 전자화로 인해 경쟁이 더 치열해졌기 때문에, 무조건 경쟁업체보다 더 좋은 기술을 개발해 내는 것이 가장 중요하다.

경쟁이 치열할수록 사업하는 사람들은 점점 힘들어질 수밖에 없다. 그러나 고객 입장에서는 더 좋은 기술에 더 값싼 기술력이 있으면 당연히 그쪽을 선호하기 마련이다. 그러니 어느 기업 할 것 없이 죽기 살기로 신기술 개발에 집중하는 것이다.

이렇듯 품질 좋고, 가격 좋고, 기술 좋은 이 3가지 조건에 맞추려면 납품업체는 또 그만큼의 고통과 대가를 지불해야 한다.

옛날에는 납품하는 모기업에서 시키는 대로만 하면 됐지만 지금은 어림도 없는 이야기이다. 자체적으로 더 좋은 제품을 개발해 내야 하고, 불량품 없이 생산해 내야 한다. 그 조건을 충족시키지 못하는 기업은 경쟁에서 그대로 낙오될 수밖에 없다.

"천천히 오든지 말든지 알아서들 하십시오. 우리는 상관하지 않습니다. 다만 기다릴 수 없을 뿐입니다."

모기업에서는 이런 식으로 자율경쟁을 부추긴다. 빨리 따라오라고 재촉하는 말보다 이 말이 더 무섭지 않은가. 전쟁터보다 더 살벌한 경쟁사회에서는 이 또한 당연한 일이다.

예전에는 수작업으로 하던 것들이 하루가 다르게 전자화되고 있고 그것에 빠르게 적응해야 하기 때문에, 기업 하는 사람으로서는 어떻게 보면 지금이 제일 힘든 시기일 수도 있다. 게다가 전과는 달리 투자비용도 엄청나게 커졌다.

설상가상으로 이제는 한국 업체뿐 아니라 외국의 선진기술과도 피 튀기는 경쟁을 해야 한다. 이 때문에 예전에 비해 회사의 규모는 커졌어도 점점 입지가 좁아지고, 가면 갈수록 사업하기 힘든 것을 느끼게 된다.

그래서인지 나는 규모가 커질수록 '혹시나 회사가 잘못되면 몇 만 명의 우리 직원들은 다 어디로 가나?' 하는 걱정에 잠 못 이룰 때가 많다. 이래서 수성守成이 창업보다 더 어렵다고들 얘기하는 것 같다.

신기술을 개발하기 위해서는 필수 불가결한 요소가 있다. 바로 연구소이다. 나는 당연히 연구소에 투자하는 데 주저하지 않았다. 우리 회사 연구소 직원만 해도 4백 명이 훌쩍 넘는다. 그만큼 연구비용 또한 어마어마하다. 다른 어떤 것보다 남들과 차별화된 기술을 개발하는 것이 가장 중요한 시대가 된 것이다.

대외적으로 어려운 상황 속에서도 경신은 이러한 투자를 쉼 없이 계속해 왔기 때문에, 이제 우리 제품의 품질 하나만큼은 세계 어디에 내놓아도 부끄럽지 않다고 자부할 수 있게 되었다.

• 신제품 생산 기념식

• 판교 엔트연구소 설립

개척자의
정신으로!

　1974년 9월 1일 남편인 이기홍 사장님이 경신공업을 창업한 이래 많은 변화와 발전이 있었다.

　경신공업은 자동차의 신경과 전장품을 원활히 작동시켜주는 전기통로인 배선을 생산하는 업체로서, 한국자동차 산업의 역사와 맥을 같이했다고 해도 과언이 아니다.

　와이어링 하네스를 시작으로 정선 블록, 커넥터 등으로 사업 영역을 넓혀 나갔고, 현대자동차의 첫 국산 고유모델인 포니에 들어가는 와이어링 하네스를 생산하면서 본격적인 부품 사업을 시작했다. 와이어링 하네스는 인체의 신경망과 같이 차량 내 각 시스템으로 전기 신호와 전력을 전달하는 역할을 한다. 전선과 커넥터, 정선 블록을 가공해 조립한 '배선꾸러미'를 총칭하는 말이다.

1985년 남편 대신 내가 회사를 맡고부터는 '개척자의 정신으로 일류 기업을 구현하자!'라는 모토 아래 끊임없이 새로운 도전에 나섰다.

앞서 잠시 언급한 바 있지만 88년 강동공장, 89년 아산공장현 경신전선, 2000년 화성공장을 설립하는 등 매년 큰 폭으로 성장하면서 한국 자동차산업 발전에 일익을 담당했다고 감히 자부할 수 있다.

국내뿐 아니라 97년 인도에 합작공장KIML을 설립한 것을 신호탄으로 하여 국외 산업기지 개발에도 심혈을 기울였다. 이 같은 성과로 나는 2001년 여성경제인의 날에 여성기업인으로는 처음으로 은탑산업훈장을 수상하기도 했다.

1999년에는 경영품질 향상을 위한 연구개발을 목적으로 〈중앙기

• 은탑산업훈장 수상 후

술연구소)를 설립하여 독자적인 배선 설계능력을 확보하는 등 기술개발에 힘쓰는 한편 연구개발에도 많은 투자를 했다.

이후 꾸준히 기술력의 절대 우위를 점하기 위하여 해외 선진 메이커와의 합작 및 기술교류를 꾀하는 동시에, 중장기적으로는 독자적인 기술개발을 이루어 글로벌 기업으로 성장하기 위한 노력을 아끼지 않고 있다.

그러던 중 2004년 급변하는 시장 환경 속에서 경쟁력을 확보하고 고객만족을 실현하기 위하여, 우리 회사는 경영혁신 운동인 'TAKE UP 5 STAR' 운동을 전개했다.

의식, 프로세스, 품질, 기술, 관리 등 5가지 분야에서 혁신의 바람을 일으켜 초일류 기업으로 도약하자는 의미에서였다. 이 운동은 크게 4단계로 구분된다.

1단계는 각 부문의 업무프로세스를 통합해 유기적으로 연계시키는 작업이다. 핵심 성과지표를 만들고 자동차 시장의 성장둔화에 대비하기 위해 분임조 활동을 벌이는 등 품질시스템의 지속적인 개선을 통해 경쟁력을 확보하고 있다.

2단계는 전사적인 이해와 적극적인 참여를 유도하는 단계다. 정품, 정량, 정위치의 3정과 정리, 정돈, 청소, 청결을 습관화하는 5행을 지키자는 '3정5행' 운동을 전사로 확산시키는 한편, '새로운 출발 30' '문화정착, 열린 경영체제 도입' 등의 슬로건을 통해 개선 목표를 공유하고 자발적인 참여를 유도해 나갔다.

3단계는 시스템 부문의 혁신이다. 경신공업은 이를 위해 고객평가제도인 5-STAR 등급을 획득하고, 고객만족 실현을 위하여 ISO/TS 16949 인증을 획득했다. 뿐만 아니라 업무프로세스 합리화 작업에 들어갔으며, 6시그마 평가 운영제도를 정착시켜 통합시스템 경영관리기법을 도입·정착시켰다.

마지막 4단계의 경영관리 부문의 혁신을 위해서는 '경영품질혁신 위원회'와 사무국을 신설하고 위로부터의 혁신을 위해 임원들을 중심으로 한 테스크포스 팀TFT을 조직했다. 이 같은 경영품질 개선 활동에 사내 커뮤니케이션을 포함시켰다.

나는 오로지 '남과 똑같이 하면 이길 수 없다.'는 생각으로 남들보다 2배, 3배 열심히 뛰어다녔다.

그 결과 2007년 '제4회 여성경영인상'을 수상하였는데, 이번 수상은 남성들이 대부분인 자동차부품 업계에서 탁월한 경영능력과 여성 리더십을 보이며 경신공업을 글로벌 기업으로 성장시킨 공적을 인정받은 결과여서, 내게는 그 의미가 남달랐다.

• 한국능률협회에서 주관한 한국의 경영자상 수상 후 수상 소감

이 무렵 나는 매일 점심식사 후 공장을 찾아가 직원들과 얼굴을 맞대고 대화하며, 현장의 업무 현황과 그들의 고충을 들어주었다. 그렇게 직접 발로 뛰면서 직원들과의 충분한 대화를 통하여 불만을 파악하고, 경영에 필요한 아이디어를 얻기도 했다.

내게는 '기업이 곧 가정의 확장판'이라는 경영철학이 있다. 그래서 늘 직원들의 화합과 복지 향상에 남다른 관심과 노력을 기울여왔다.

예를 들어 여가활동을 위한 사내 서클활동비 지급, 인재육성을 위한 다양한 프로그램 개발, 각종 제안제도 및 모범사원 포상제도 등이 그것이다.

• 경주공장을 방문하여 여직원들의 애로사항을 듣고 있다

• 경신의 '한 가족 정신'은 회사의 여러 난관을 이겨내는 데 있어 일등공신이 돼주었다

나는 기업 성장의 힘은 '인간 중심의 경영'에서 나온다고 믿는다.

그러나 1,000여 명의 직원을 가진 노동집약적인 제조업체에서 노사분규 없는 회사를 만드는 것이 쉽지만은 않았다.

우선 나는 각 사업장으로 분리되어 있는 조직의 특성을 고려해 각 사업장의 노동조합 지부와 분기마다 노사협의회를 개최하는 등, 직원들과 자주 대화의 시간을 가지며 노사갈등을 사전에 예방하기 위해 노력했다.

이와 더불어 신입사원 입문교육, 커뮤니케이션 활성화, 신바람 Fun 나는 일터를 만들기 위한 조직활성화 교육, 팀장 리더십 교육, 글로벌 인재 양성을 위한 외국어 교육 등등 다양한 인재 육성 프로그램을 운영하였다.

• 직원들에 대한 투자는 곧 회사의 미래를 위한 투자이기도 하다

이 과정에서 정말로 감사한 것은 내가 처음 CEO를 맡고 직접 면접을 봐 채용했던 신입사원들이, 지금까지 20년 넘게 다른 회사로 옮기지 않고 같이 일하고 있다는 점이다. 누구라고 할 것도 없이 다 하나같이 자식 같은 직원들이다.

언젠가 아산공장에 갔을 때였다. 공장에서 사원들을 대상으로 설문조사를 실시했는데, 놀랍게도 애사심이 80%로 나왔다고 했다.

회사를 운영하는 입장에서 보면 이보다 더 기쁜 일이 있을까 싶다. 그것만으로도 기쁠 일인데 직원들이 어버이날 기념으로 내게 꽃다발까지 안겨주어 무척 감동받은 기억이 난다.

• 항상 직원들과 격의 없이 지내고 그들과의 소통을 위해 야유회와 송년회 등에 거의 빠지지 않고 참석했다

성공은 "할 수 있다."라고 말하는 자를 찾아오고, 실패는 "할 수 없다."라고 말하는 자를 찾아온다는 서양 속담이 있다. 사람은 자신이 믿는 바대로 되는 경향이 있다.

우리 경신가족 모두가 지금 자신의 생각과 믿음이 미래를 결정함을 늘 기억하고, 개척자의 정신으로 앞을 향해 나아가기를 소망한다.

남들보다
2배, 3배 더 뛰자

기업에게 있어 한곳에 머무는 것은 곧 도태를 의미한다. 더욱이 경영인으로서의 출발점이 한참 뒤처진 나로서는 남들보다 2배, 3배 더 뛸 수밖에 없었다. 그 일환의 하나로 나는 2010년 커넥터 사업으로도 손을 뻗쳤다. 커넥터란 분리된 전선과 전선, 전선과 장치 간의 결속 장치이다. 차량 내 사용 부위와 연결 회로 수에 따라 수백 가지 종류가 사용되고 있다.

2012년부터 본격적으로 매출을 올리기 시작한 커넥터 사업은 2015년을 기점으로 흑자 전환을 기록하였다. 또한 2012년에는 캄보디아에도 생산 법인을 세워 운영 중이다.

그러나 이러한 성과에도 불구하고 나는 아직 갈 길이 멀다고 생각한다. 현재에 머무르지 않겠다는 것이 나의 다짐이자 신념이다.

2010년 9월 창립 36주년을 맞아 나는 회사의 역사와 염원이 담긴 '비전 2015'를 선포했다.

'Creating Value & Leading Future Happy Kyungshin 가치 창조와 미래를 선도하는 행복한 기업', 'FOCUS 1515 신규사업 매출 1천 500억 원, 기반사업 매출 1조 5천억 원 달성'.

2011년에는 첫째 미래성장 가시화, 둘째 글로벌 기반 제고, 셋째 핵심역량 내재화, 이 3가지를 회사 경영의 핵심으로 삼고 제2 도약의 시동을 걸었다.

신규 사업인 커넥터와 전자박스를 강화할 수 있었던 것은 지속적인 내부 혁신 덕분이었다. 이 같은 전략은 경영 활성화를 꾀하는 동시에 수익가치를 창출하여, 2012년 당시 매출 1조 7천억 원을 달성하기도 했다. 또한 경신이 그간 기업의 사회적 책임과 시대요구를 반영한 윤리경영도 대내외적으로 높은 평가를 받을 수 있었다.

앞서 언급했듯이 우리 회사는 '고객가치를 실현한다.'는 목표로 여느 회사 못지않게 기술개발에 공을 들였다. 중·장기 품질전략을 수립함과 동시에 전사적인 품질혁신 활동을 전개하여, 실제 고객 불만지수인 CS10001천 대당 결함 건수도 전년 대비 16%나 줄여 나갔고, 이 외에도 협력업체에 기술을 지원하면서 상생협력의 기반도 강화해 나가고 있다.

지난 2014년은 경신이 창립 40주년을 맞은 해였다.

문득 회사를 맡게 된 이후의 나날들을 되돌아보면 '왜 좀 더 잘해 내지 못했을까?' 하는 아쉬움이 크지만, 다만 한 가지, 그 어떤 순간에도 나태해지지 않고 나 자신을 채찍질하며 남들보다 2배, 3배 뛰기 위해 노력해 온 것만큼은 자부할 수 있다.

• (주)경신 창립 40주년 기념 케이크 커팅. 새로운 40년을 향한 힘찬 출발

나는 창립 40주년을 맞아 경신의 새로운 도약을 다짐하며 다음과 같이 말했다.

"지난 40년은 이제 역사의 뒤안길로 남았으며, 과거의 의미 없는 경력을 과감하게 버리고, 경신만의 장점들을 살리고 미래역량을 갖추어 새로운 40년을 향해 출발하자. 제품 생산성 향상, 품질 안정화, 전자모듈과 커넥터 사업을 통한 신성장동력 활성화 등으로 글로벌 경쟁력을 확보하고 자동차 전기·전자부품을 선도하겠다."

(주)경신은 2003년 '1억 달러 수출탑' 수상을 시작으로 꾸준한 성장을 거듭한 끝에 2013년 7억 달러, 2014년 8억 달러, 2015년 9억 달러 등등 매년 1억 달러씩 높여가며 수출탑을 획득하는 쾌거를 이어가고 있다.

또한 지난 2015년에는 고용노동부가 주관하는 '고용창출 100대 우수기업'에 선정되었다. 지난해 총 116명의 신규 인력을 채용했으며, 매년 꾸준히 세 자릿수 고용을 창출해 지역경제에 기여한 공로를 인정받은 것이다.

• 9억불 수출탑과 국가생산성대상 수상

• 2015년 고용창출 우수기업 청와대 초청

앞으로도 나는 회사의 지속적인 성장과 목표 달성을 위해 남들보다 2배, 3배 더 노력할 것이며, 단순히 회사의 수익 강화에만 그치지 않고 지역사회에도 환원될 수 있도록 최선을 다할 것이다.

도날드덕과 미키마우스의 창시자 월트 디즈니는 "내가 평생 동안 노력한 것은 새롭고도 놀라운 방법으로 사람들에게 기쁨을 주는 일을 하거나 만드는 것이었다. 이를 통해 나 스스로 즐거웠고 만족했다."라고 말했다.

이 훌륭한 말에는 성공적인 기업가가 되기 위한 4가지 지혜가 담겨 있다고 생각한다.

첫째, 기업에는 기업가의 사명감과 가치관이 담겨 있어야 한다.

둘째, 새롭고도 놀라운 방법, 즉 창의적 방법과 혁신을 지향하는 자세를 엿볼 수 있다.

셋째, '사람들에게 기쁨을 주겠다'는 가슴이 울렁거리는 비전을 볼 수 있다.

넷째, '나 스스로 즐거웠다'는 점에서 스스로 동기부여가 되어 있음을 알 수 있다.

내가 회사를 운영하면서 중점을 둔 것도 이와 크게 다르지 않다. 기업가의 사명감을 늘 잊지 않았고, 창의적 방법과 혁신으로 신기술 개발에 매진하였으며, 고객에게 기쁨과 만족을 줌으로써 스스로도 보람을 느꼈기 때문이다.

이러한 정신을 바탕으로 2016년 시무식 때에는 경신의 새로운 도약을 위한 '뉴 비전New Vision'을 선포하였다. 그리고 제조업 기반의 강화로 매출 2조 원에서 2020년 3조 원으로 확대하고, 전자와 커넥터 사업을 적극 활용하여 성장사업의 주역으로 키우겠다는 비전을 제시하였다.

나는 신년사에서 "시대를 앞서는 친환경 사업 관련 기술을 확보하고, 고객층을 다양화해 2020년 이후를 위한 또 다른 성장 동력의 기반을 준비해야 한다."고 언급함으로써, 지금의 성공에 만족하지 말고 더 높은 곳을 향해 도약할 수 있는 경신이 되기를 강조하였다.

• 또 한 번의 도약을 위한 '뉴 비전' 선포

모든 일에
성의와 실천을
다하라

많은 사람들이 내게 "이제는 회사가 규모도 커지고, 기술과 생산 노하우도 쌓였으니 안정적인 상황에 진입한 것이 아닌가?"라고 물어오곤 한다.

나는 그럴 때마다 굳은 표정으로 고개를 젓는다. 오히려 위기는 바로 지금이고, 이전보다 더 심각한 위기가 찾아오고 있다고 생각하기 때문이다. 날이 갈수록 경쟁은 치열해지고 제조업이 설 자리는 점점 줄어들고 있다. 한시라도 방심하면 순식간에 무너질 수 있으므로, 성공이라는 단어를 꺼내기엔 아직 시기상조인 것이다.

나는 아침에 일어나서 밤에 잠들 때까지 눕지 않는 것은 물론, 의자에 편하게 앉아서 쉬는 시간도 거의 없다. 평생토록 그래 왔기 때문에 이제는 습관이 되었다. 그래도 피곤한 줄 모른다. 항상 긴장하고 있기 때문이다. 다른 경쟁자가 지금도 쫓아오고 있다는 생각이 들면 태평하게 있을 수가 없다.

조금이라도 쉬려고 하면 더 부지런히 움직여서 공부하고 성장해야겠다는 압박감이 밀려오고, 지칠 여유조차 허락되지 않는다.

그 때문에 회사를 쉬는 주말에도 항상 무언가 하고 있다. 하다못해 집에서 텔레비전을 볼 때에도 콩나물이라도 다듬고 있어야 불안하지가 않다. 이렇듯 1분 1초를 아끼고 쪼개 쓰는 것 역시 어린 시절부터 몸에 밴 습성이다.

나는 새벽 5시 30분에 일어나 하루 일과를 시작한다. 9시 이전에 출근하여 업무를 마치고 귀가하는 시간은 보통 저녁 9시다.

집에 돌아와서는 집안일을 하면서 그날 업무를 정리하고, 다음날 업무 계획을 세운다. 그날그날 메모한 것들도 내용별로 정리한다. 이렇게 메모 정리를 끝낸 후 밀린 공부를 하다 보면 어느새 새벽녘이어서 하루 3~4시간만 잘 때도 많다.

그런데도 내가 체력을 유지할 수 있는 것은 유일한 취미이자 운동인 수영 덕분이다. 일주일에 2, 3번 업무를 마치고 집 근처 수영장으로 간다. 수영을 하면 하루의 피로가 사라진다. 행복감이 느껴지면서 스트레스가 풀린다. 목표를 이루고, 하루를 열심히 산 후 수영을 하는 즐거움은 무엇과도 비교할 수가 없다.

또 한 가지 내가 스트레스를 푸는 방법이 있다.

정식 업무가 끝난 6시 이후부터 9시까지 집무실에서 혼자만의 시간을 갖는 것이다. 주로 바빠서 읽지 못했던 책을 읽거나 명상을 하는데, 직원들이 모두 퇴근한 후 혼자만의 조용한 시간을 보내는 것은 정신없이 바쁘게 지냈던 하루를 정리하는 데 큰 도움이 된다. 물론 그 하루를 누구보다 치열하게 살아냈을 때를 전제로 하는 것이다.

누군가 "배움이란 일생 동안 알고 있었던 것을 어느 날 갑자기 완전히 새로운 방식으로 이해하는 것이다."라고 했다.

나는 유독 어릴 때부터 공부하는 것을 좋아했다. 그 때문인지 지금도 일본어 공부를 하고 있고, 무엇이든 배우는 것을 즐긴다. 나는 항상 배움에는 끝이 없다고 생각한다.

남편이 갑작스럽게 세상을 떠난 후 하루아침에 주부에서 경영자로 역할이 바뀌었을 때, 아무런 준비가 되지 않았던 나에게 유일한 해법은 공부하는 것뿐이었다. 그리고 배움은 나를 결코 배신하지 않았다.

경영에 대한 공부뿐 아니라 요리, 문학, 한국무용에 이르기까지 기회만 있으면 쫓아가서 배우고 익힌다. 그렇게 열정적으로 배우고 부지런하게 하루를 쪼개 산 것이, 내가 지금 이 자리에서 버틸 수 있었던 이유가 아닌가 싶다.

• 언제나 배우는 자세로, 시간을 아끼며, 열심히 사는 것.
 그것이 오늘의 나를 만들어 주었다

정말이지 오로지 앞만 보고 열심히 달려왔다. 아직 위기는 진행 중이며 모든 것이 부족하다고 느끼지만, 그래도 가끔씩은 스스로에게 그동안 고생 많았다고 격려해 주고 싶다.

기업을 경영하면서도 나는 나 자신과 싸우는 경우가 더 많았다. 스스로에 대한 칭찬에 인색했고 '더 잘할 수 있었는데 왜 못했을까…….' 하며 스스로를 못살게 굴었다.

그렇지만 그렇게 나 자신에게 혹독했던 것이 늘 새로운 도전을 하게 해주는 토대가 되었는지도 모른다.

지금 현재 나의 꿈은 와이어링 하네스와 커넥터 부문에서 우리 회사가 '글로벌 톱 5' 업체가 되는 것이다. 이는 욕심이 아니라 생존을 위해 반드시 성취해야 하는 목표이다.

우리 회사의 주요 고객인 현대, 기아자동차는 지금 세계에서 다섯 번째로 큰 자동차 회사이다. 국내뿐 아니라 많은 해외 부품사들이 현대차에 납품을 하기 위해 피 튀기는 경쟁을 하고 있다. 현대차 입장에서도 이제는 꼭 국내 부품사를 고집해야 할 이유가 없어졌다.

그렇기 때문에 국내 부품사들이 스스로 경쟁력을 더 갖춰야 한다. 신기술 개발이 필요하고 규모도 더 키워야 한다. 앞으로도 계속 경신이 살아남기 위해서 선행되어야 할 일들이다.

또 한 가지 나의 꿈은 경신이 지금보다 더 일하기 좋은 환경과 경쟁력을 갖춘 회사가 되는 것이다. 우리 회사가 전혀 다른 사업 영역으로 확장하는 일은 없을 것이다. 다만, 현재의 자동차부품사업 내에서 위치를 굳건히 하고 더욱 성장하는 데 도움이 되는 신기술 개발과 신제품의 출시에 대한 도전은 계속될 것이다.

모든 일에 성의와 실천을 다하고, 할 줄 알고 잘할 수 있는 것에서 계속 힘을 키워야 한다는 것이 내 지론이다.

눈앞의 이익을 추구하는 것은 나쁜 이익, 즉 고객의 희생을 담보로 한 이익을 가져다 줄 가능성이 크다. 나쁜 이익을 추구하는 기업은 장기적 생존이 어렵다. 고객의 이익을 우선 생각하는 '좋은 이익'을 추구해야 비로소 장기적 생존이 가능하다.

사람도 마찬가지이다. 눈앞의 이익보다는 장기적 관점에서 삶의 근본적 목적을 생각하는 것이 가치 있는 삶을 위한 출발점이 될 것이다.

•(주)경신 인천 송도 본사 전경

여성이라는
핸디캡을
장점으로

나는 회장 취임 이후 지금까지 작업복을 고집하고 있다. 여기에는 이유가 있다.

거친 제조업 현장에서 여성 경영인이 살아남으려면, 역설적으로 '여성'이라는 꼬리표를 떼어내야 했다. 치마를 입게 되면 앉을 때도 불편하고 남자 직원들의 시선도 신경 써야 한다. 일하는 데 불편하면 일이 되겠는가? 일을 하는 사람은 모양을 볼 필요가 없다. 그리고 내가 솔선해서 입어야 직원들도 따라서 입을 것이 아닌가.

그래서 치마 대신 작업복을 입고 현장을 발로 뛰면서 실질적인 회사 업무를 파악하는 데 주력했다.

남자들로 가득한 세계에 평범한 가정주부 한 명이 들어온 상황이었으니, 스스로 독하게 마음먹지 않으면 안 됐다. 은연 중 여성

• 나의 제2의 평상복은 바로 작업복이다

• 작업복을 입고 현장(송도 사업장)을 누비고, 회사를 방문한
  귀한 손님(기업은행 권선주 은행장)을 맞이하였다.

이라서 느끼게 되는 무시나 멸시의 시선은 이를 악물고 버텨내었다. 그런 나에게 매일 입는 작업복은 마치 전투복과도 같았다.

굳게 마음먹고 경영 일선에 뛰어든 이상 나는 이왕이면 '항우'나 '조조'보다는 '유방'과 같은 리더가 되고 싶었다.

"항우는 고집으로 망하고 조조는 꾀로 망한다."는 속담이 있듯이 둘은 개인적 역량만큼은 뛰어난 장수였지만, 결과적으로는 시골 한량에 불과했던 유방이 천하를 통일했다. 항우와 조조는 자신의 능력에만 의존한 독불장군이었던 반면 유방은 정치, 군사, 전략에서 자기보다 뛰어난 부하들을 믿고 그들에게 맡김으로써 결국 천하를 얻게 된 것이다.

나 역시 어려웠던 시절에도 우리 직원들을 존중하며 항상 그들의 말에 귀를 기울이면서 내 맡은 바 책임에 충실하다 보면, 회사도 위기에서 벗어나 조금씩 성장해 나갈 수 있을 것이라고 믿었다.

매일 아침 출근하여 작업복으로 갈아입을 때마다 이러한 믿음을 한 번 더 되새기면서 하루 업무를 시작하곤 했다.

아무것도 모르는 상태로 회사를 맡게 되었을 때부터 어느새 수십 년이 지났건만 나는 오늘도 현장 직원들과 똑같이 작업복을 입고 업무를 본다.

내가 기업 운영에서 가장 중요하게 여기는 것은 직원과의 대화이다. 그래서 작업복 차림 그대로 현장을 찾아가 생산직 직원들과 대화하는 것을 좋아한다. 제조업체 사장이 직원과 대화하지 않거나 현장을 등지면 회사가 제대로 돌아갈 리 없다.

회사에서뿐 아니라 경영자 모임에 갈 때도 나는 대부분 무채색 정장의 수수한 차림으로 참석한다. 어쩔 때는 구멍 난 스타킹을 기워 신기도 했는데, 한 번 신고 버리는 게 너무 아까워서였다. 워낙 어릴 때부터 몸에 밴 검소함이 습관으로 자리 잡힌 탓도 있지만, 어느 자리에서든 튀는 것보다는 묵묵히 자신의 자리를 지킬 줄 아는 사람이라고 기억되고 싶었기 때문이다.

물론 여성 CEO라고 해서 단점만 있는 것은 아니었다. 오히려 홍일점이기 때문에 사람들이 쉽게 기억한다는 이점도 있다. 그 덕분에 단시간에 인적 네트워크를 구축하는 데 큰 도움이 됐다.

남성들이 주류를 이룬 자동차 부품 제조업에서 불리한 점도 많았지만, 한편으로는 여성이자 어머니였기에 다른 경영인들이 미처 보지 못한 세세한 부분들까지 들여다볼 수 있었다. 그러한 장점들이 오히려 조직 관리에서 극대화되었다고 본다. 나는 언제나 우리 직원들을 내 자식과 같다고 생각했다. 아마도 직원들을 자식 돌보듯 어떻게든 잘되게 만들어야 한다는 마음가짐이, 조직을 한 덩어리로 만들어 움직이게 한 원동력이 된 것이 아닌가 싶다.

다행히 나의 진심을 직원들도 이해하는지 우리 회사의 경우 이직률이 매우 낮고 가족 같은 분위기가 형성될 수 있었다. 이는 직원들의 근속연수에서 확인할 수 있는데 임원들의 경우 대부분이 30~40년 이상 회사를 다닌 창업 멤버들이다. 생산직 직원들 중에서도 처음 입사하여 경신에만 몸담다가 정년퇴직하는 이들이 대부분이다.

'직원을 가족처럼'이라는 목표를 설정해 두고 지금까지 꾸준히 '가족경영'을 실천해 왔기에 가능한 일이었다. 또한 여성이라는 핸디캡을 오히려 장점으로 승화시켜 여성 특유의 섬세함과 꼼꼼함, 투명경영을 기본으로 하였기에 가능한 일이었다.

평범한 가정주부였던 내가 남편 대신 회사를 맡고 스스로 한계를 느낄 때마다 나를 일으켜 세워준 글이 있다.

경영인으로서 나의 롤 모델과 다름없는 현대그룹 고 정주영 회장님의 글이다.

"나는 인간이 스스로 한계라고 규정짓는 일에 도전해 그것을 이루어내는 기쁨을 보람으로 여기고 오늘까지 기업을 해왔고, 오늘도 도전을 계속하고 있다.

• 나를 가족처럼 살갑게 대해주셨던 정주영 회장님

　인간의 잠재력은 무한하다. 이 무한한 잠재력은 누구에게나 무한한 가
능성을 약속하고 있다. 나는 주어진 잠재력을 열심히 활용해서 '가능성'을
'가능'으로 만들었다."

　나는 정주영 회장님의 경영철학을 존경한다. 우리 회사 특유의
'개척'및 '도전정신'과도 일맥상통한다.
　그렇다. 나 또한 남편과의 갑작스런 이별로 인해 단순한 비극의
주인공으로 끝날 수도 있었다. 그러나 포기하지 않고 끝까지 도전
하였기에 여성이라는 핸디캡을 모성애라는 장점으로 승화시킬 수
있었고, 오늘날의 경신을 만드는 데 커다란 원동력이 될 수 있었다.

남편의 친구였던 정세영 회장님은 물론이고 현대가(家)와는 인연이 참 깊다. 현정은 현대그룹 회장님과

미국 현대자동차 공장에서 정몽구 현대자동차그룹 회장님과

정세영 회장님의 동상 제막식 때 정몽규 현대산업개발 회장과

鄭世永
PONY CHUNG
1928 - 2005

CHAPTER 4

나눌수록 커진다

직원들을 만날 때마다 저 때문에 부자가 되었다고
감사하다고들 하시는데,
전 그렇게 생각하지 않습니다.
저야말로 여러분 덕분에 부자가 된 사람입니다.
따라서 감사해야 할 사람은 여러분이 아니고 바로 접니다.
제게 있어 여러분은 타 기업이 흉내 낼 수 없는 경쟁력이요,
회사의 얼굴입니다.

- 하워드 슐츠(스타벅스 회장) -

직원은
나의 또 다른
가족

우리 회사 경신은 실제로 노사 갈등이 없는 기업으로 정평이 나 있다.

나는 오래 전부터 회사의 생명은 결국 노사관계에 달려 있다고 판단하여, 무엇보다 사람 관리에 신경을 써왔다. 그렇다고 해서 특별한 것은 없다. 그저 어머니와 같은 마음으로 직원들을 챙겨준 것일 뿐.

집안이 어려운 직원이 있으면 학자금 등을 먼저 챙겨주었고, 퇴사하고 난 뒤에도 끝까지 책임지려고 노력했다. 오랫동안 동고동락한 직원이 이곳에서 배운 기술을 토대로 퇴사 후에도 외주사업을 할 수 있도록 도왔던 것이다. 우리 회사에 유난히 장기 근속자가 많은 것도 이 때문이리라.

• 직원들과 함께 참석한 회사 체육대회

· 노사협조부문 상공대상 수상

　사실 처음에는 1,000여 명의 직원을 가진 노동집약적인 제조업체에서 '노사분규 없는 회사'를 만드는 것이 쉽지만은 않았다.

　그동안 각 사업장으로 분리되어 있는 조직의 특성을 고려해 각 사업장의 노동조합 지부와 분기마다 노사협의회를 개최하는 등, 직원들과 자주 대화의 시간을 가지며 노사갈등을 사전에 예방하기 위해 노력했다.

　각종 사외 노사화합 행사 등에 임직원들을 참여시켜 노사 간 협력적인 관계 설정을 도모하고, 사내외 포상 제도를 통해 우수 임직원의 장점 살리기 및 동기 부여를 강화했다.

　이러한 노력의 결과로 2001년 인천경영자협회에서 수여하는 '보람의 일터' 상과 인천상공회의소에서 수여하는 '노사협조부문 대상'을 수상하는 영광을 누렸다. '기업 성장의 힘은 인간 중심의 경영에서 나온다.'는 나의 지론이 어느 정도 인정받게 된 것 같아 무척 보람을 느꼈다.

"치열한 경쟁을 뚫고 경신에 합격한 우리 신입사원은 모두 훌륭하게 자녀교육을 시켜주신 부모님의 노고 덕분이며, 앞으로도 더 크게 성장할 수 있도록 회사에서 관심과 지원을 아끼지 않겠습니다."

나는 2013년부터 4년째 공채 신입사원들의 가정에 위와 같이 내 진심이 담긴 감사편지와 소박한 선물들을 보내고 있다.

지난해만 해도 우리 회사의 상반기 공채에 4천 700여 명이 지원하고 57명이 채용돼 82대 1에 달하는 높은 경쟁률을 보였다. 높은 경쟁이 있었던 만큼 우수한 인재들이 많이 몰렸다.

요즘처럼 청년실업난이 가중된 때에 많은 젊은이들이 취업을 하기 위해 얼마나 속을 태웠을지 짐작이 되고도 남는다. 본인들뿐 아니라 부모님도 마찬가지였을 터.

• 신입사원 입사축하 선물과 감사편지를 받은 전준 사원과 부모님

그런 젊은이들이 혼신을 다해 우리 회사의 문을 두드린 끝에 마침내 합격의 영예를 안았으니, 그들과 그들의 부모님들께 CEO인 내가 감사의 편지를 보내는 것은 어찌 보면 당연한 일이다. 나도 자식을 키운 엄마이지 않는가.

다행히 편지를 받은 신입사원의 부모님들께서도 "신입사원을 이렇게까지 신경 써 주는 기업에 취업한 자식이 대견하고, 앞으로 경신에서 큰 그릇이 되기를 바란다."는 말씀을 해주셔서 감사할 뿐이다.

• 신입사원 간담회

내가 신기술 개발과 더불어 아낌없이 투자하는 분야가 바로 인재 육성이다.

2010년부터 매년 세 자릿수 고용 창출을 위해 꾸준히 노력해 왔고, 680여 명의 직원 전체를 정규직으로 채용해 양질의 일자리 창출에 앞장서려고 노력했다. 그 결과 최근 고용노동부가 선정한 '고용 창출 100대 우수 기업'에 선정될 수 있었다.

특히 신입사원은 새롭게 회사를 이끌어 갈 경신의 미래인 동시에 재산이다. 나는 경신의 새 식구가 된 그들에게 언제나 모든 일에 성의를 다하고 실천할 것을 강조한다. 작은 일을 하더라도 정성스럽고 정열적으로 임해야 고객에게 감동을 주기 때문이다. 그래야만 40년, 50년, 60년 후에도 끊임없는 가치 창출과 미래를 선도하는 기업이 될 수 있는 것이다.

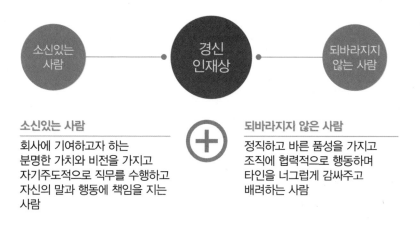

소신있는 사람

회사에 기여하고자 하는 분명한 가치와 비전을 가지고 자기주도적으로 직무를 수행하고 자신의 말과 행동에 책임을 지는 사람

되바라지지 않은 사람

정직하고 바른 품성을 가지고 조직에 협력적으로 행동하며 타인을 너그럽게 감싸주고 배려하는 사람

신입사원 못지않게 내가 일을 하는 동안 가장 큰 보람과 기쁨을 느끼게 해준 직원들이 있다. 바로 나와 동고동락을 같이하고 정년퇴임을 하게 된 직원들이다.

"회장님, 제가 이제 정년입니다. 평생 한 직장에서 일하며 가족들 먹여 살리고, 집 장만하고, 자식들 결혼도 잘 시킬 수 있어서 보람을 느낍니다. 다 회장님 덕분입니다. 정말 감사합니다."

얼마 전 경주공장에 갔을 때 한 직원이 내 손을 꼭 잡고 울먹이면서 한 말이다. 나도 그 직원의 손을 맞잡고 등을 두드려 주었다.

이런 직원들을 만날 때마다 힘이 나고 행복해진다. 인생살이가 뭐가 또 있겠는가. 남이 나를 감사히 생각하고 내가 또 그들에게 감사하며 살 수 있다면 그것만으로도 훌륭한 인생이지 않은가.

경력직원들을 볼 때마다 세월이 경쟁력이라는 생각이 든다. 우리 회사가 이만큼 성장할 수 있었던 것 또한 이런 직원들의 힘일 것이다.

특히 경주공장 직원들은 인도 등 해외공장을 개척할 때부터 회사를 위해 기꺼이 희생한 사람들이라서 더욱 애착이 간다. 그 당시 대부분이 결혼을 한 가정주부들이었는데 아무리 회사 일이라도 한 달이 넘게 해외에서 근무를 해야 했으니 그 고충이 어떠했겠는가. 입맛도 맞지 않아 고추장을 싸들고 가서 열악한 해외 현장에서 현지 사람들을 직접 교육시켰던 사람들이다.

나도 일하는 사람이지만 가정을 떠나서 한두 달씩 외국 공장에 가는 게 말처럼 쉬운 일이 아니다. 보통 애사심으로는 어림도 없었으리라. 그래서 더 고맙고 감사한 경신 가족들이다.

• 오랫동안 경신에 몸담았던 직원들이 정년퇴직을 하게 되어, 그간의 노고도 치하하고 제2의 인생을 응원하기 위해 경주공장으로 달려갔다

이러한 직원들 덕분에 인도뿐 아니라 중국, 미국, 멕시코 등등의 해외공장들이 지금처럼 안정적으로 자리를 잘 잡을 수 있었다.

한 번씩 해외공장에 다녀올 때마다 우리 회사가 조금씩 성장하고 있다는 실감이 들곤 한다.

규모가 큰 멕시코 공장의 경우에는 현지 직원들이 점심시간 때 우르르 점심을 먹으러 나오는 모양새가 마치 한 부대의 군인들처럼 느껴졌다. 그럴 때 무척 뿌듯함을 느끼는데, 직원들 역시 기업이 커야 스스로 자긍심을 느끼게 되는 것 같다.

이렇게 초창기 해외공장 개척에 많은 공헌을 한 경주공장 직원들이 얼마 전 정년퇴직을 하게 되어, 만사 제치고 경주공장으로 달려갔다. 오랫동안 못 봐서 보고 싶기도 하고 격려도 해줄 겸 한달음에 내려가긴 했지만, 막상 20명 가까이 되는 직원들이 한꺼번에 은퇴를 하게 되니 오래된 동지를 잃은 것처럼 마음 한편이 공허했다. 물론 은퇴 후에도 나는 그들이 내 도움을 필요로 한다면 성심성의껏 도울 것이다.

경주공장 직원들뿐 아니라, 경력이 오래된 직원들은 내가 조금 어두운 표정만 지어도 "회장님, 무슨 일 있으세요? 어디 편찮으신 건 아니시죠?" 하면서 걱정부터 한다.

• 직원들 스스로가 회사에 자부심을 갖고 서로를 한 가족처럼 느낄 수 있게, 그 여건을 잘 만들어 주는 것이 경영자인 내 몫이라고 생각한다

때로는 직원들이 동기 간보다 낫다는 생각이 들 정도다. 아마도 이런 보람으로 내가 이제까지 버티면서 일하고 있는 것인지도 모르겠다. 몸은 고달파도 굉장히 감사한 일이다.

그러나 한편으로는 어깨가 무거워진다. '내가 쓰러지면 우리 회사 직원들은 어찌 될 것인가?' 하는 걱정과 그들에 대한 책임감 때문이다. 회사를 맡은 날부터 지금까지 나는 오로지 내가 어떻게 해야 자손들과 직원들에게 더 좋은 회사를 물려줄 수 있을지에 대해서만 생각해 왔다.

• 2012 체육대회

그 일념 하나로 수많은 난관들을 헤쳐 나올 수 있었고, 더 밝은 미래의 경신을 만들기 위해 직원들을 가족처럼 여기며 그들과 함께 호흡하기 위해 노력해 왔다.

이런 점에서 마쓰시타의 창업회장인 마쓰시타 고노스케의 말은 내게 각별한 의미로 다가온다.

"사장은 모든 종업원들의 걱정을 자신이 모두 짊어지겠다는 각오를 해야 한다. 걱정하는 것이 사장의 역할이다. 사장이 걱정 없이 여유 있는 모습을 보이는 회사는 존재할 수 없다. 사장은 항상 걱정하고 대책을 강구하는 것에서 보람을 느끼는 존재여야 한다."

나는 진정한 리더란 자신보다 직원들을 행복하게 만들고, 그것에 더 큰 기쁨과 행복을 얻는 사람이라고 생각한다. 앞으로도 경신만의 '한 가족 정신'을 바탕으로 직원들이 더 빛이 나고 더 행복하게 일할 수 있는 회사가 되도록 최선에 최선을 다할 것이다.

동반성장, 협력사와 함께하는 발걸음

내가 가장 존경하는 고 정주영 회장님이 제일 좋아하셨던 단어는 '신용'이었다. 나 역시 사업을 하는 데 있어 가장 중요한 것은 신용이라고 생각한다. 신용이 있어야 어려울 때 믿고 맡겨주는 고객도 있는 것이고, 신용이 있어야 자금이 부족할 때 돈도 빌릴 수 있는 것이다.

그리고 무엇보다 우리 회사의 신용은 고객과의 약속이다. 어떤 상황에서든 납기일을 지키고, 다른 곳보다 품질 좋은 제품을 개발하여 고객이 우리 회사를 선택한 것에 대해 후회 없게 하는 것. 나는 그것이 가장 중요하다고 생각한다.

• 고객과의 약속은 어떤 일이 있어도 반드시 지킨다는 신념이 현대자동차 그룹의
  협력사 인증평가제도 중 하나인 '5-star' 인증을 받게 해주었다. 경주공장 정문에
  놓인 '5-star' 인증은 곧 글로벌 보증서이기도 하다

1974년 창립 이래 경신은 끊임없는 열정과 도전으로 지속가능한 성장을 이루었다. 처음 시작할 때는 현대자동차의 하청업체인 을에 불과했지만, 이제는 협력업체에게 하청을 주는 갑의 입장이기도 하다. 사실 이렇게 을이면서 동시에 갑인 중간자의 입장이 전보다 더 어렵다고 볼 수도 있다.

그러나 경신은 그간 꾸준한 투자와 연구개발로 제품 설계부터 생산까지 전 부문의 품질 경쟁력을 향상시키고자 노력해 왔고, 일본 스미토모사와의 협력을 통해 전자 및 커넥터 사업의 자립능력을 키워 나갔다. 앞으로도 이러한 기술력과 품질 경쟁력을 바탕으로 이해관계자와 더욱 협력하여 지속가능한 성장을 위해 최선을 다할 것이다.

특히 우리 회사가 안정적인 경영 성과를 얻을 수 있었던 데에는 협력사와의 이해와 협력이 중요한 원동력이 되었다고 생각한다.

지금까지 그래왔듯이 고객의 가치를 높이고 고객의 만족을 위해 기술력과 품질 경쟁력을 꾸준히 향상시킬 것이며, 협력 업체와의 파트너십을 더욱 강화하여 동반성장의 기틀을 견고하게 할 것이다.

이와 함께 이해관계자 여러분의 관심과 요구에 더욱 귀 기울이고 보다 더 가까이에서 소통하면서, 전 임직원이 하나의 마음으로 지속 성장의 목표를 달성하기 위해 최선을 다할 것을 약속한다.

경신과 협력사는 신뢰받는 일류 기업이 되기 위해 함께 나아가는 영원한 파트너이다. 경신은 지금의 성공에 만족하지 않고 자동차 부품산업의 진정한 글로벌 리더가 되기 위하여 협력사와 손잡고 한 걸음 더 나아갈 것이다.

또한 협력사의 성장이 경신의 성장으로, 다시 협력사의 성장으로 이어지는 순환고리를 만들어서 협력사의 경쟁력을 강화하고, 경영안정을 지원하는 긴밀한 파트너십을 통해 더욱 큰 가치창출에 기여함으로써 협력사와 동반 성장해 나갈 것이다.

이러한 동반성장 프로그램의 일환으로 지난 2008년부터는 매년 협력사들과 상생 협력을 다짐하는 '(주)경신 신우회信友會 총회'를 갖고 있다. 이 행사를 통해 우수 협력사에게 표창과 그동안의 노고를 격려하기도 하고 협력사 대표들과 소통을 하며 지속적인 협력을 당부하고 있다.

• 경신의 협력업체 모임인 신우회

협력사 경쟁력 강화

· 경영 혁신
· 품질 육성
· 기술 개발, 인재 양성
· 생산성 향상 지도
· 협력회 운영

경영안정 지원

· **대금지급 개선**
  - 현금지급 비율 확대
  - 어음지급 조건 개선
· **개발투자비 지원**
  - 금형비 지원
· **원자재 인상 반영**
· **기타 자금지원**
  - 펀드, 긴급운영자금, 선급금 지급 등

동반성장 인프라 구축

· 공공기관 동반성장 평가
· 성과공유제 운영
· 협력사 동반성장 포상

나는 기업은 단순한 일터를 넘어 가정의 확장이라는 신념하에 회사 임직원은 물론이고 계열사 직원, 더 나아가 그 가족들까지 책임지고 있다는 소명으로 회사를 이끌어 왔다. 그 때문에 회사가 어려움에 처해도 긍정적인 사고로 이를 극복할 수 있었다. 다행히 협력업체 사장들도 나를 여사장 대신 존경하는 파트너로 생각하고 있는 듯하다.

그 중에서도 태정산업의 이효찬 대표는 나와는 각별한 인연으로 맺어져 있다. 이 대표는 우리 회사가 첫 직장이었다. 시골에서 상경해 혼자 외롭게 생활하면서도 열심히 회사 일을 하는 모습이 기억에 남는 직원이었다.

그 무렵은 내가 평범한 가정주부였을 때여서, 이 대표가 명절이나 휴일에 인사차 들르면 꼭 따스한 밥 한 끼라도 지어 대접하곤 했다. 사장의 아내로서 직원들에게 밥 정도는 얼마든지 해주어야 한다고 생각했다. 명절 때가 아니어도 별식을 만들 때면 꼭 부르곤 했다.

이후에는 이 대표의 부인과도 친해져, 우리 집을 친정으로 생각하고 힘든 일이 있을 때면 언제든 찾아오라고 했다. 나중에 알고 보니 이 대표는 그게 그렇게 고마울 수 없었다고 한다.

얼마 전에는 이 대표의 막내딸 혼사에도 참석하였는데, 그때 이 대표가 "우리 가족은 경신과 김 회장님, 그리고 이 사장님을 평생 잊지 말아야 합니다. 은혜를 갚는 일은 물질이 아니고 잊지 않는 것입니다."라는 인사말을 했다고 한다. 아쉽게도 나는 다른 곳에 예식이 있어서 좀 일찍 떠나는 바람에 그 말을 직접 듣지 못했지만, 나중에 전해 듣고 기분이 매우 좋았고 그 진심이 느껴져 가슴이 뭉클해짐을 느꼈다.

옷깃만 스쳐도 인연이라 했다. 그래서인지 나는 한번 맺은 인연은 무척 소중히 여기는 편이다. 새삼 덕을 베풀면 언제든 돌아오는 것임을 깨닫는다.

동행

　　　- 용혜원

인생길에
동행하는 사람이 있다는 것은
참으로 행복한 일입니다

힘들 때 서로 기댈 수 있고
아플 때 곁에 있어줄 수 있고
어려울 때 힘이 되어 줄 수 있으니
서로 위로가 될 것입니다

여행을 떠나도
홀로면 고독할 터인데
서로의 눈 맞추어 웃으며
동행하는 이 있으니
참으로 기쁜 일입니다

사랑은 홀로는 할 수가 없고
맛있는 음식도 홀로는 맛없고
멋진 영화도 홀로는 재미없고
아름다운 옷도 보아줄 사람이 없다면
무슨 소용이 있겠습니까

아무리 재미있는 이야기도
들어줄 사람이 없다면
독백이 되고 맙니다

인생길에 동행하는 사람이 있다면
더 깊이 사랑해야 합니다

그 사랑으로 인하여
오늘도 내일도
행복할 수 있습니다

나누는 기쁨,
행복한 실천

나는 경영 일선에 뛰어든 순간부터 우리 회사가 끊임없는 기술 개발과 일자리 창출로 기업의 역할을 이어가는 동시에 사회적 책임을 다하는 기업이 되게 하고자 노력했다.

경신은 현재 '나누는 기쁨, 행복한 실천'이라는 사회공헌 활동 철학을 토대로, 크게 세 가지 영역 행복나눔/사랑나눔/그린나눔에서 다양한 사회공헌 활동을 펼치고 있다. 이를 통해 고객에게 신뢰받는 기업으로, 한 걸음 더 나아가 지역사회 발전을 도모하는 기업이 되고자 한다.

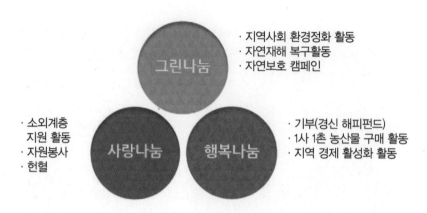

「행복나눔, 해피펀드」

해피펀드는 임직원이 실시한 봉사활동 시간에 맞게 회사가 매칭 금액을 조성, 기부하는 사회공헌활동 마일리지 제도다. 임직원 모두에게 개인별 연간 10시간의 봉사활동 시행을 당부하고 있다.

전 임직원이 각 지역 시·군·구나 복지기관과 연계해 연간 10시간 봉사활동을 하고 회사는 이에 따라 시간당 기부금 1만 원을 적립한다. 지난해 전사 적립 마일리지는 5,153시간으로 이에 따라 회사는 5,153만 원을 지역사회의 소외계층을 위한 기부금으로 조성했다.

또 2014년에는 인천아시아경기대회 입장권 구매 협약을 맺고 5,000만 원을 기탁하여 40%는 임직원들의 단체관람, 60%는 인천 사회복지공동모금회를 통해 지역 내 소외계층을 초청하는 데에 사용했다. 우리 회사의 이러한 후원은 1사 2경기 관람 운동의 첫 테이프를 끊었고, 이런 움직임에 따라 다른 지역 업체들도 인천 아시아경기대회 입장권 구매 운동에 동참하게 되었다.

• 2014인천AG 입장권 구매협약식

「사랑나눔, 자원봉사와 헌혈」

경신의 주력 사회공헌 활동 중 하나가 노력봉사다. 임직원들은 선학요양원, 동심원, 사할린복지회관, 평화의집 등을 정기적으로 방문해 거동이 불편하신 어르신들을 위한 시설 개보수를 비롯한 텃밭 가꾸기 등을 진행하고 있다.

회사는 2008년부터 사회공헌 활동을 그룹별로 지정해 매달 돌아가면서 이곳의 어르신들을 위한 사회공헌 활동을 벌이는 중이다. 얼마 전에도 임직원 20여 명이 영락원을 찾아, 고장 난 수도를 고치는 등 작은 시설보수 공사를 도왔다. 또, 노인 분들을 위한 레크리에이션 활동을 통해 가벼운 생활 체조를 함께하고, 마당에 쓰러진 나무를 치우고 텃밭을 가꾸는 등 환경미화 활동도 진행했다.

지난해 2월에는 공동모금회에 3,000만 원을 기부하고 이 중 1,000만 원을 지정 기탁해 영락원 노인 분들의 안전과 편의를 위한 차량구매를 지원했다.

• 경신 직원 요양원 방문

　일부 임직원들은 선학요양원을 방문해 어르신들과 함께 밀가루를 반죽해 쿠키를 만드는 한편 가볍게 몸을 움직이며 생활의 활력을 드렸다. 또 손바닥 정원 만들기 프로젝트를 통해 함께 흙을 파고 씨앗을 심고 물을 주며 건강한 내일을 약속하고, 거동이 불편하신 어르신들 식사를 도우며 따뜻한 사랑을 나눴다.

　이외에도 경신 임직원들은 선학동 평화의 집에서 텃밭 가꾸기, 시설 내부 환경개선활동, 원생 돌보기 등 다양한 노력봉사를 나눴다.

　매년 6월에서 9월 사이 임직원들은 단체로 헌혈의 집을 찾는다. 일부는 헌혈증을 기부하고 있다.

　2011년은 경신이 그동안 펼쳐오던 사회공헌활동을 조직적으로

개편해 더욱 적극적으로 참여하기 시작한 해다.

지난해 회사는 캄보디아에 사랑의 비누를 만들어 전달했다. 사랑의 비누 만들기는 좋지 않은 위생환경에 있는 이곳 아동들이 손을 깨끗이 씻어 수인성 전염병에 걸리지 않도록 도와주기 위한 것으로, 경신 임직원과 한국펄벅재단이 함께 진행했다. 임직원들은 캄보디아의 어린이들을 도우려고 비누를 직접 만들고, 캄보디아 언어로 사랑과 희망의 메시지를 적어 보내는 등 100여 개의 비누를 캄보디아 5세 이하 영유아들에게 따뜻한 마음으로 전했다.

또한 매년 임직원 30여 명이 설날과 추석을 앞두고 인천장애인종합복지관에 등록된 재가 장애인을 위해 지역사회 내 인적, 물적 자원 개발과 명절선물 나눔 사업을 진행함으로써 재가 장애인의 경제적 부담과 정서적 소외감을 덜어줄 수 있도록 지원하고 있다.

이에 따라 회사는 매년 저소득 재가 장애인 240명이 행복한 명절을 보낼 수 있도록 설맞이 명절선물을 제공하고, 임직원들이 이를 손 편지와 함께 직접 전달한다. 우리 회사는 이런 활동을 통해 이웃과 나누는 명절이 하나의 문화로 자리 잡히길 희망한다.

이와 더불어 기업 사회공헌 활동에 빠지지 않는 연탄과 김장 나눔 역시 잊지 않고 챙기고 있다. 연탄배달 활동으로는 11월과 12월에 연탄 2,000장을 연탄은행에 기탁해 청학동 이웃에게 따뜻한 겨울을 선물하고 있고, 매년 11월에는 절임배추 700kg가량을 구매해

• 연탄배달과 김장 담그기에 동참한 경신 직원들

임직원들과 함께 김장김치를 담가 저소득 장애인 200여 명에게
나누고 있다.

「그린나눔, 승기천 환경정화 활동」

3, 6, 9, 12월 매 분기 우리 회사 임직원들이 향하는 곳이 있다.
인천 동막역에서 원인재역 사이에 있는 승기천이다. 환경정화 활
동에 초점을 맞춰 2시간 30분 동안 주변을 걸으며 쓰레기를 줍고,
산책로에 쓰러진 나무 등을 치운다.

매년 4월에는 신입사원과 임직원들이 멘토와 멘티로 짝을 이뤄
소래산 환경정화 봉사활동에 참여한다. 이들은 120분 정도 산을
오르내리며 서로 친해지는 시간을 갖고, 쓰레기를 주우며 회사의
경영철학을 배운다.

우리 회사는 이렇듯 1999년부터 꾸준히 사회에 관심을 갖고 다
양한 활동을 벌이고 있는데, 사회 기부에도 적극 나서서 인천사회
복지공동모금회 누적 기부금만 1억 5,310만 원에 달한다.

매년 연말 희망나눔 캠페인 기부에 참여하고 있고, 천안함 사태
와 일본피해지원 성금 등 회사 자체 활동은 물론이고, 2014년에는
개인적으로 '아너소사이어티' 회원에 가입해 나눔문화에도 앞장서
고 있다.

• 아너 소사이어티 인증

• 매년 빠지지 않고 참여하고 있는 사랑의 열매 기부행사

무엇보다 지역사회를 바탕으로 성장한 우리 회사가, 국가와 사회의 구성원으로서의 책임감을 갖고 기업이 지닌 자원과 역량을 지역사회와 함께 나누고 싶기 때문이다.

또 2015년에는 '제49회' 납세자의 날에 성실 납세에 대한 감사의 표시로 인천본부세관 일일명예세관장으로 위촉된 바 있다.

• 김현숙 인천 본부세관 일일명예 세관장

・경신의 이웃사랑

나는 이날 세관을 직접 찾아 간부 접견과 세관업무 현황을 보고 받은 후, 감시종합상황실에서 24시간 불철주야 인천항을 감시하는 직원들을 격려했다. 수입통관업무 일일체험을 비롯해 압수창고 시찰 등 다양한 업무를 직접 경험하는 뜻 깊은 시간을 갖고, 인천항에서 국민안전과 지역발전을 위해 노력하고 있는 세관의 역할과 활동에 감사를 표했다.

나는 기업의 최고 가치는 이윤을 극대화하는 것이 아니라 이윤을 얻은 만큼 더 많은 도움을 어려운 이들에게 전하는 데 있다고 생각한다.

우리 회사의 철학이 직원에게 더 많은 월급을 주는 것이 아닌 평생 행복하게 일하고 싶은 좋은 직장을 만드는 것에 있듯이, 앞으로도 더 다양한 사회 환원으로 기업의 나눔 경영 정신을 올곧게 이어나갈 계획이다.

올해 역시 경신의 이웃사랑은 어김없이 이어질 것이다.

여성 CEO로서의
책임감

언제부턴가 여성의 사회 진출이 확대되면서 CEO를 꿈꾸는 이들도 늘어나고 있다. 나는 이런 후배들에게 "여성이기에 남성의 몇 배를 더 노력해야 한다."는 현실적인 충고를 한다.

내가 젊었을 때만 해도 상상할 수 없는 일이지만, 점점 남녀평등이라거나 가사분담 같은 사회적 분위기가 확산되고 있는 건 무척 반가운 일이다. 하지만 그렇다고 해서 엄마와 아내로서 해야 하는 역할들이 단박에 바뀔 수는 없다. 결국 남성들의 3~4배는 더 노력해야 그들과의 경쟁에서 이길 수 있는 것이다. 그리고 그런 여성 후배 경영인들이 늘어날수록 세상은 점점 빨리 바뀌게 될 것이다.

나 역시 예외가 아니었다. 어머니이자 가장이었고, CEO이자 학생이었기에 1인 4역의 몫을 해내려면 남들보다 몇 배 더 노력할 수밖에 없었다. 물론 이제는 시대가 많이 바뀌면서 여성 경제인들의 폭도 넓어지고 정부에서도 많은 신경을 쓰고 있다.

그러나 나는 여성이라고 해서 무조건 특혜를 주는 것은 반대한다. 남성과 여성을 동등하게 대해달라고 요구하면서, 여성이 일할 때 편의를 봐달라고 하는 건 어불성설이다. 남성 여성 따질 것 없이 치열한 경쟁상황에서는 동등하게 임해야 한다.

여성이라고 해서 더 도움을 받아야 한다는 생각 자체가 작은 생각이다. 여성 스스로가 이러한 작은 생각은 버리고 꿈을 크게 갖는 것이 중요하다.

더군다나 요즘 젊은 여성들은 굉장히 스마트해져서, 대학을 다니며 자신만의 전공을 살려 그것을 바탕으로 창업하는 이들이 꽤 많아졌다. 남편 보필하는 데만 중점을 두고 살았던 우리 때와는 백팔십도 바뀐 것이다.

남성에 비해 섬세하고 꼼꼼한 고급 여성인력의 경제활동이 늘고 있다는 것은 우리 경제가 선진국으로 진입하고 있다는 것을 의미한다.

다소 교만스런 생각일지는 몰라도 앞으로는 경제 분야든 사회 분야든 여성들이 더 나서서 해야 될 것이란 생각이 든다.

나는 선배 여성경제인으로서 그동안 불평등한 사회 분위기에도 굴하지 않고 열심히 일하고 있는 후배들에게 도움을 주고, 그들의 기를 살려주기 위해 여러 가지 노력을 해왔다.

그 첫 번째가 한국여성경제인협회 인천지회의 초대 회장을 맡은 것이다. 한국여성경제인협회는 여성들의 창업을 촉진시키고, 기업 활동을 하는 여성기업인의 실질적인 경영활동을 지원하기 위하여 설립된 조직이다.

• 한국여성경제인협회 인천지회 초대 회장 취임을 기념하며

내가 처음 회장직을 맡았을 때만 해도 여성 기업인들은 상대적인 영세성과 전문성 부족, 관계 당국의 무관심 등으로 인해 여러 가지 어려움을 겪었다. 그때에 비해 지금은 많은 여성 기업인들이 경제계로 진출하고 있고, 정부의 지원시책도 크게 변화하고 있어 선배로서 긍지와 보람을 느낀다.

• 한국여성경제인협회 창립총회(1999년)

• 김종필 전 국무총리와 한국여성경제인협회 창립총회에서

　6년간 인천지회장을 역임하면서 내가 제일 주력한 것은, 2000년
남동공단에 '인천 여성기업인 협동화단지'를 만든 것이다. 여성 기
업인들이 이 협동화 단지를 통해 부족한 공장 용지를 해결하고, 기
술 및 정보 공유를 할 수 있는 혜택을 받게 했다. 이 사업은 영광정
밀 등 인천지역 11개 우수 벤처기업들의 공장 집단화 사업으로 인
천지역 여성경제인들의 안정적인 경영 여건을 조성했다는 평가를
받았다.

• 인천여성기업인 협동화단지를 설립하며

　이와 더불어 '해외시장 개척단'을 꾸려 2001년부터 해마다 러시아·중국·캐나다·일본 등지로 여성 경제인들이 파견을 나가게 해 그들에게 해외 시장 견문을 넓히는 기회를 제공했다.

• 일본 여성기업가국제교류 파티에 참석해서

• 미국에서 경신과 같은 아
이템 회사의 사장과 함께.
"당신과 내가 이쪽 업계에
서는 유일한 여사장"일 거
라며 나를 수소문해서 찾
을 만큼 환대해 주곤 했다

　인천지역 여성기업인의 구심체 역할을 하기 위해 최선을 다하는
한편, 2008년에는 인천경영자총협회 회장으로 활동하게 되었다.

　2008년은 미국발 금융위기로 인해 전 세계가 혼란에 빠진 한 해
였다. 실물경제 전반으로 확산된 국내경제는 수출 감소·금융시장
불안·실물경기 위축 등 총체적인 어려움에서 벗어나지 못했다. 이
로 인해 고용시장 사정도 더욱 악화되었기 때문에 노사 간의 협력
이 그 어느 때보다 중요한 상황이었다.

　나는 이 같은 위기를 극복하기 위해 현장 단위의 단체교섭과 노
무관리 지원을 강화했다. 이러한 노력들은 노사관계 안정과 합리
적 노사문화의 정착으로 이어졌고, 갈등적 노사관계의 패러다임

전환을 통해 실질적으로 협력적 노사관계가 정착하는 성과를 낳기
도 했다.

• 현대자동차 파업 때 가담직원들을 설득하기 위해 우비까지 입고 현장으로 달려
갔다

인천경총 시절엔 노사관계를 더 견고히 다지기 위해 다양한 노
사상생 사업도 진행하였다. 노사정 한마음대회, 노사정 하나로 체
육대회, 노사정 간친회 등은 물론이고 근로자들의 행사에 적극 참
여하고 지원함으로써 상호 관계 개선에 주력하였다.

이 중 노사협력 우수기업 및 우수관리자를 선발하는 '보람의 일
터대상'은 내가 가장 애착을 가진 행사이기도 하다.

이 외에도 현대자동차 협동회 부회장前, 한국자동차공업협동조

합 이사, 인천상공회의소 부회장前 등 활발한 대외활동에 나섰는데, 이는 내가 내딛는 한 걸음 한 걸음이 미약하나마 후배 여성 경영인들에게 또 다른 길이 돼주길 바라는 마음에서였다. 그리고 감사하게도 1974년 창립 이래 모두 179개의 자동차부품을 국산화하는 데 성공하여 국내 자동차부품 산업 발전에 기여한 공로를 인정받아, 2009년 금탑산업훈장과 2013년 대통령 표창을 받게 되었다.

• 금탑산업훈장 수상(2009년)

2013년에는 대외적으로도 뜻 깊은 단체에서 활동하게 되었다. 제16기 민주평통 인천부의장에 취임하게 된 것이다.

대통령 자문 헌법기관인 민주평화통일 자문회의에 발을 담그게 되면서 나는, 평화통일을 이끌어갈 여성 지도자로서의 몫을 다하기 위해 북한에 대한 인도적 지원을 바탕으로 남북교류와 통일에 도움이 될 수 있도록 최선을 다하고자 노력했다.

• 국가생산성대상 대통령 표창(2013년)

• 제16기 민주평화통일 자문회의 인천시부의장에 취임하였다

그러나 아직까지도 현실적으로 여성 인력들이 활동하는 데 상당한 제약이 따르고 있다. 남성 위주의 경제영역에서는 대부분의 여성들이 쉽게 접근할 수 있는 서비스, 음식점, 소규모 도·소매 업종에 종사할 수밖에 없다. 물론 최근 들어 취업보다는 창업에 관심을 두고 학부 때부터 준비하는 고학력 여성인력들이 늘고 있지만, 아직 갈 길이 멀다.

• 인천상공회 초청으로 방문한 평양

　　우리 선배 여성경제인들부터 모범을 보여 누구나 평등한 조건에서 능력을 발휘할 수 있는 여건을 조성해야 한다고 생각한다. 그러기 위해서는 우리 세대가 앞서 겪었던 결혼, 출산, 육아문제에 대한 제도적 보완이 필요하다.

　　다행히 정부에서도 여성경제인이 마음껏 일하고 기업하기 좋은 환경을 만들기 위해 육아휴직·유연근무 확대 등 일·가정 양립제도를 활성화하고 여성들이 경력단절을 겪지 않도록 재취업 지원을 강화하고 있다. 또한 여성창업 예산 확충, 여성기업 제품의 판로 확대 등을 통해 여성기업의 성장을 지원하고 있다.

나의 바람은 많은 여성경제인들이 문화적 감성과 포용력 등등 여성만의 장점을 적극 활용하여 스스로의 한계를 딛고 성장해 나가는 것이다. 사실 외환위기 때도 여성이 이끄는 기업은 부도가 난 곳이 드물었다. 여성의 섬세함과 모성애에 근거한 도덕성이 기업을 튼실하고 투명하게 만들기 때문이라고 본다.

경영의 A, B, C도 모르고 시작한 나도 이 정도로 기업을 일구어 오지 않았나. 더욱이 지금은 똑똑한 여성들이 얼마나 많은가. 본인 의지와 열정만 있으면 기회는 도처에 널려 있는 것이다.

2004년 〈매경이코노미〉에 「여성 CEO 대모 2인」이라는 제하의 기사가 실린 적이 있다.

애경그룹의 장영신 회장과 나에 관한 기사였는데, 장 회장은 더이상 설명이 필요 없을 정도로 우리나라 여성 경영계를 대표하는 인물이다.

나의 롤 모델이기도 한 장영신 회장은 여러 가지 면에서 나와 공통점이 있다. 남편과의 사별 후 경영일선에 뛰어들어 회사를 경영해 온 것도 그렇고, 나이도 동갑이다. 영광스럽게도 그런 장 회장과 함께 국내 여성 CEO를 상대로 한 설문조사에서 가장 닮고 싶은 여성 경영인 1, 2위에 나란히 올랐는데, 장영신 회장이야말로 후배 여성경제인들의 두터운 신망과 존경을 받고 있는 분이다.

장 회장만큼 그릇이 큰 경영인도 흔치 않다. 경영면에서도 본받을 부분이 무척 많다. 장영신 회장은 1970년 남편 고 채몽인 사장의 뒤를 이어 애경유지 사장을 맡은 후, 애경유지를 평범한 세제 회사에서 유통 및 레저산업을 아우르는 중견 그룹으로 도약시킨 장본인이다.

장 회장이 직접 집 목욕탕에서 세계 각국의 세제와 비누를 모아 밤을 새워가며 애경유지 제품과 비교한 끝에, 자사의 제품 경쟁력을 높인 것은 이미 유명한 일화이다. 실제 자신의 아이디어가 반영된 애경의 '유아비누'는 오늘날까지 애경의 대표적인 히트 상품으로 꼽힌다.

또한 장영신 회장은 여성 CEO의 대모답게 다양한 대외 활동을 통해 여성경제인 위상 강화를 이루어냈다. 97년 한국여성경제인연합회를 주도적으로 설립해 첫 회장 자리를 맡았고 99년에는 여성으로는 처음으로 전국경제인연합회 부회장 자리에도 오르는 등 국내 여성경제계를 대표해 온 분이다.

장 회장은 사석에서 곧잘 "업종은 다르지만 이제 우리 여성기업들도 김현숙 회장처럼 진정한 기업가 정신을 가지고 경영실적으로

승부하는 여성기업인이 나와야 한다."며 나를 차세대 여성경영자
로 꼽으면서 늘 독려해주곤 했다.

• 한국여성 경제인연합회 회원연수(1998년, 애경중부연수원)

사실 경영활동 외에는 좀처럼 외부활동을 하지 않던 내가 인천
지회장에 나서게 된 것도 장영신 회장의 권유 덕분이었다. 나처럼
남편을 대신해 기업을 이끈 분이라 동병상련의 마음도 있었고, 나
보다 먼저 경영일선에 뛰어들어 여성경영인의 나아갈 바를 제시해
준 분이라 존경하는 마음도 컸다.

　　그런 장 회장이 가끔 모임에서 만나면 "인천지역은 김 회장이 알
아서 잘 이끌어 주세요."라며 믿고 격려를 해주었기에 나 역시 선배
여성경영인으로서 후배들을 돕는 일에 앞장설 수 있었던 것이다.

• 여성 경제인들의 롤 모델인 장영신 애경그룹 회장과

　　앞으로도 내 힘이 닿는 한 여성경제인으로서의 책임감을 갖고,
후배 여성기업인들의 진정한 멘토가 될 수 있도록 더 열심히 일하
고, 여성 CEO 양성에 최선을 다할 생각이다.

• 여성경제인 행사에 참석해서

• 여성경제인연합회 회원들과

나의 꿈은
지금도 현재진행형

　어떻게 된 일인지 한순간도 바쁘지 않을 때가 없었다. 워낙 없던 일도 만들어서 하는 타입이라 그렇기도 하지만, 좀처럼 마음 편히 쉬는 때가 흔치 않았다. 이 때문에 그동안은 가족들과 함께하는 시간이 많지 않았다.

　특히 내가 경영일선에 뛰어들고부터는 여느 전업주부처럼 아이들 곁에 붙어서 챙겨줄 수 없었기 때문에, 그 점이 늘 마음에 걸렸었다. 그래서 요즘은 외국 출장이나 특별한 행사가 없는 주말에는 가족들과 만나 저녁을 함께 먹고 영화관람처럼 같이 즐길 수 있는 것들을 하려고 노력 중이다.

　그리고 보면 나는 참 자식 복이 많은 사람이다. 6남매 모두 갑자기 회사를 맡게 된 엄마를 잘 이해하고 배려해 주었고, 어느새 모두 결혼하여 행복한 가정을 꾸렸다.

지금도 딸아이들은 시간 없는 엄마를 위해 자기들끼리 순번을 바꿔가며 주말 스케줄을 짠다. '오늘은 누구네 누구네' 하는 식으로 번갈아 저녁식사 경비를 내고, 옛날부터 영화를 좋아하는 엄마를 위해 어떤 영화가 재밌는지 미리 알아보고 예매를 한다. 예전이나 지금이나 한결같이 엄마를 위하는 그 마음이 너무 예쁘고 고마워서 영화비용만큼은 내가 내고 있다.

게다가 이제는 사위, 며느리, 손주들까지 모두 합하면 열댓 명이 되니, 한번 모이면 시끌벅적한 게 정말 사람 사는 맛이 난다. 휴가

• 고희연에서 축하 케이크를 커팅하며

• 서로 바빠 한자리에 모이기가 힘들지만 우리 가족들의 끈끈한 유대감만은 어디
내놓아도 빠지지 않는다

때에는 가족들끼리 여행을 다녀오기도 하는데, 워낙 식구가 많으
니까 우리 가족만으로도 너끈히 여행 한 팀을 꾸릴 수 있다.

나는 주중에는 오로지 회사만 생각하며 열심히 일하고, 주말에
는 가족들과 함께하며 에너지를 재충전한 후, 또다시 다음 한 주일
을 힘차게 시작한다. 가족모임이야말로 내게 있어 큰 위로이자 격
려인 셈이다.

특히 막내이면서도 현재 회사의 한 축을 맡아, 불안정한 세계경
제 환경 속에서도 지속적인 신기술 및 신제품의 개발을 통해 경신
의 성장을 이끌고 있는 이승관 대표이사에게 고맙고 미안하다.

사실 요즘 젊은 사람들은 부모 사업을 잘 안 맡으려고 한다. 나 역시 이 자리가 얼마나 어려운 자리인지 잘 알고 있기 때문에 아들이 맡지 않겠다고 하면 강요할 생각이 없었다. 그러나 아들은 어려서부터 엄마가 고생하는 걸 보고 자라서인지 철이 일찍 들었고, 기꺼이 나를 도와 회사 일을 하기로 마음먹어 주었다.

한 회사를 경영해 나가는 일은 절대 쉬운 일이 아니다. 어떤 이들은 처음 시작이 어렵다고 하는데, 나는 하면 할수록 더 어려운 것이 사업이라고 생각한다. 처음에는 아는 것이 없어서 그저 열심히만 하면 되는 줄 알고 남들보다 2배, 3배 뛰어다녔다.

하지만 이제는 단순히 열심히 하는 것만으로는 치열한 생존경쟁에서 살아남을 수가 없다. 예전처럼 시키는 대로 납품만 받아서는 발전할 수가 없다. 끊임없는 기술개발은 물론이요 국내뿐 아니라 선진국과의 경쟁에서도 이겨야 한다. 창업보다는 수성守成이 훨씬 더 어려운 세상이 된 것이다.

꼭대기에 이르기까지는 수많은 난관을 헤쳐 나가야 하고 수많은 노력을 해야 하지만, 그 정점에서 미끄러져 내리는 것은 순식간의 일이다. 작은 실수 하나가 추락의 도화선이 될 수 있다.

한 회사의 CEO에게는 수많은 직원의 인생이 달려 있다. 그 엄청난 책임감을 항상 어깨에 짊어지고 살아가야 한다. 그러니 지금 이

자그마한 성공에 도취하여 여유를 부릴 시간이 없는 것이다. 매일 밤 내가 잠 못 이루고 뒤척이는 것도 이 때문이다. 이런 괴로움을 이제는 아들에게도 지우게 됐으니 고마우면서도 한편으론 딱할 수밖에.

• 일본 합작회사인 스미토모사 정원에서 아들과 함께

다행히 고객만족을 최우선으로 생각하는 경신의 모토에 맞게 아들 또한 한 걸음 한 걸음 회사의 성장과 발전을 위해 자신이 할 수 있는 노력을 다하고 있는 것 같아 마음이 든든하다.

이와 더불어 항상 엄마를 먼저 배려해 주고 지지해 주는 우리 다섯 딸들과 사위들에게도 진심으로 감사의 마음을 전한다.

나는 지금도 꿈을 꾼다. 힘이 넘친다.

1974년 국내 자동차 배선의 효시로 출발한 이래, 경신은 현재까지 지속적인 성장과 발전을 이어오고 있다. 앞으로도 내 힘이 닿는 한 경신가족과 함께 고객 및 협력업체와의 상생협력과 사회적 책임을 다하며 세계 일류 기업으로 성장해 나갈 것이다.

이러한 신념으로 지난 2016년 12월 경신 창립 42주년을 맞아, 경신의 과거와 현재 그리고 미래를 아우르는 기념사를 직접 써 보았다. 뿌리 깊은 나무, 경신! 회사를 늘 '한 그루의 나무'라고 생각하는 내 진심이 고스란히 담긴 글이다.

우리 경신 가족 특유의 도전정신을 통해 어떠한 상황에서도 쉽게 흔들리지 않는 뿌리 깊은 나무, 경신이 될 것을 한번 더 다짐해 본다.

아, 어느덧 42년!

이 땅의 거목으로 자랐군요.
저 당당하고 우람한 아름드리 느티나무 한 그루,
이제는 한여름의 모진 태풍에도 끄떡없겠습니다.

그간 이렇듯 가꾸고 키우느라,
비바람 눈보라와 맞서 싸우느라,
얼마나 노고가 크셨습니까?

오늘은 일손을 잠시 멈추고

그 풍요로운 느티나무 등걸에 기대앉아

푸른 하늘 흰 구름을 한 번쯤 바라봐도 좋겠습니다.

찰랑대는 포도주 한 잔을 드셔도 좋겠습니다.

축하합니다. 감사합니다. 대견합니다.

이제는 이 땅의 거목으로 자라서 한 여름 뙤약볕의 큰 그늘이 되어주신

당신,

앞만 보고 열심히 살아오신 당신,

경신! 헛되지 않았군요.

이제는 경제계의 거목으로 자라난 우리의 경신,

100년 후에도 살아남을 최고의 경신,

초일류 기업으로 함께 만들어 나갑시다.

저는 늘 우리 경신의 새로운 힘을 확인하게 됩니다.

한 해 한 해, 한 걸음 한 걸음,

발전해 나가는 끝없는 가능성을 느끼고

거침없이 달리는 기관차처럼

어떠한 난관도 돌파해 내는 육중한 힘을 느낍니다.

역사는 한 순간도 머물러 있지 않습니다.

유유히 흐르면서 끊임없이 승자와 패자를 만들어 냅니다.

우린 또다시 엄청나게 소용돌이치는 시대의 파도 위에 위태롭게 서 있습니다.

그리고 예측할 수 없는 시장의 변화는 항상 우리보다 빠르게 움직입니다.

그만큼 힘겨운 싸움이 기다리고 있습니다.

그러나 우리가 한 가지 절대 잊지 말아야 할 것이 있습니다.

사람도 기업도 결국 위기 때 그 실력이 드러난다는 사실입니다.

42년 동안 우리 경신은 함께 대응하는 온 직원의 단결력과 하나로 응집하는 집중력으로

수많은 위기를 극복해 왔습니다.

이 격랑의 시대에 또다시 우리에게 필요한 것은

경신 고유의 단합된 힘과 스피드입니다.

흩어진 모래알은 아무런 힘이 없으나

하나로 뭉쳐지면 강철보다 단단한 힘을 발휘합니다.

우리 경신의 모든 임직원이 하나로 더 똘똘 뭉쳐

고객의 의견과 불만, 직원의 생각과 아이디어를

상품과 제도에 즉시 반영하는 스피드를 발휘해야 합니다.

변화의 소용돌이 속으로 용감하게 뛰어들어
고정관념을 깨고 한계를 뛰어넘어 100년 후에도 살아남을 기업,
우리의 후배들에게 당당하게 물려줄 수 있는 자랑스러운 기업,
바로 '경신'이라는 이름 아래 최고의 기업, 초 일류기업을 함께 만들어
나갑시다.

"산을 만나면 길을 만들고 물을 만나면 다리를 놓는다."는 말이 있습니다.
우리 경신과 꼭 닮은 말입니다.
42년간 경신은 산을 만나면 길을 만들었고 물을 만나면 다리를 놓았습니다.
어떠한 위기에서도 포기하지 않았고 그 위기를 발판 삼아 앞으로 나아갔습니다.

지금도 마찬가지입니다.
불확실한 2017년의 위기를 기회로 삼고,
그 기회를 경신의 미래의 기틀로 잡아 더욱더 강한 기업으로,
경신 가족 모두 하나 되어 나아갑시다!

회장 김 현 숙

경영이념 | 사훈 | 2017년 경영방침

경영이념
개척자적인 정신으로
모든 일에 성의와 실천을
다하여 신뢰받는 일류
기업상을 구현한다

사 훈
도전과 개척
성의와 실천
신뢰와 협동

2017년 경영방침
"Do Action"
· 전략적 성장추구
· 효율적 자원운영
· 완벽한 품질보증

• 매일 출근 시 각오를 되새기게 해주는 집무실에 걸린 경신의 모토

• 경신 가족들과 함께

📷 Photo Gallery

• 서울 충무로 수도사대 정문 앞　　• 결혼식

• 결혼기념일(1973.11.8)

• 은혼 기념(1981.11.8)

• 도쿄 모터쇼에서 남편과(1981.10.30)

• 숭실대 졸업식(1985년)   • 일본 출장(태평하네스주식회사 공장, 1985년)

• 송년회(1986년)   • 일본W.H 업체 방문(1988년)

• 경신 소개 발언(1988.12.28)   • 일본 JAM 하라마치 공장(1989.11.5)

• 자동차 우수협력업체 간담회(1990년)   • 외국 전선공장 방문(1990년대)

• 중국 방문 시 기관장들과 함께(1990년대)

• 중국사업을 위한 한국산업단지공단 이사장
  일행과 함께 중국연태지역 방문

• 한국산단공 회장님과 함께
  중국 방문(1990년대)

• 경주공장 여직원들과 (1992년)

• 현대 임원들과 금강산 첫 방문 통행 기념(1999.4.25)

• 캐나다 상공회의소 방문 후 캐나다 여성경제인과 함께한 조찬회
  (한국여성경제인협회 인천지회 3주년, 2002년)

• 캐나다 여성경제인단체와의 자매결연(2002년)

• SWS 스스카에서 (2002년)

• 이희호 여사(전 영부인)와의
  세계여성의 날 기념 면담(2004년)

• 여성경제인협회회원 경신 경주공장
  방문(2004년)

• 희수 기념(2005년)

• 한국여성경제인협회 인천지회 전국경영연수(2005, 2006년)

• 무역의 날 3억불 수출의 탑 수상(2006년)

• 한국여성경제인협회 인천지회 7주년 기념식 및 정기총회(2006년)

• 여성경제인협회 후보지(2000년대)

• FCEM 세계여성경제인 협회
  총회 참석(2006.6.4)

• 귀국 버스에서(2006.6.4)

• 현대 협력업체 우수업체 방문
  (2000년대)

• 여성CEO 혁신 포럼(2000년대)

• 경신 송도연구소에서(2007년)

• 일본 여성경제인과 한자리(2008년)　　• 일본 여성경제인과의 교류(2008년)

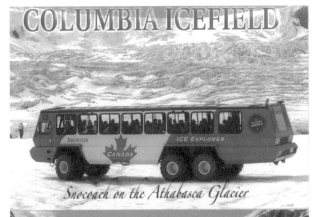

COLUMBIA ICEFIELD

Snocoach on the Athabasca Glacier

• 캐나다 컬럼비아
  아이스필드 기념엽서

• 캐나다 여성회장
  김문자 회장과

• 캐나다 연수 마친 후
  빙설에서 회원들과
  함께(2012.07.05)

• 아너소사이어티 가입 서약식(2014.07.23)

• 전선R&D센터 신축공사 기공식(2016.04.06)

• 금탑산업훈장 수훈(2009년)

• 금탑산업훈장 수훈 후(2009년)

김현숙 (주)경신 회장_수상	
1996.07.06	한국모범여성경제인 통산부장관상
1997.07.04	한국모범여성경제인 국무총리표창
2001.03.15	인천경영자협회 "보람의 일터" 대상
2001.07.02	인천상공회의소 "상공대상 노사협조부문" 수상
2001.07.06	모범여성기업인 은탑산업훈장 수상 (제5회여성경제인의날)
2002.02.26	중소기업협동조합중앙회 회장 표창
2004.04.23	한국능률협회 "한국의 경영자상" 수상
2004.09.07	대한민국 경영품질대상 최우수상 품질경영부문
2005.11.16	산업자원부장관 품질경쟁력 우수기업 수상
2006.03.03	관세청장 표창상 (조세의 날)
2006.11.29	산업자원부장관 품질경쟁력 우수기업 수상
2006.11.30	3억불 수출의 탑 (제43회 무역의 날)
2007.03.21	산업자원부장관 표창수상 (제34회 상공의 날)
2007.04.28	한국인사조직학회 "여성경영인상" 수상
2007.12.26	제17회 인천광역시 "산업평화대상" 수상
2008.01.31	서울대 AMP 대상 수상
2008.09.09	국가생산성대상 "미래경영부문" 지식경제부장관1상
2008.10.29	품질경쟁력 우수기업 선정 지식경제부장관상
2009.09.10	제33회 국가생산성대회 금탑산업훈장 수상
2010.09.03	국가생산성대상 "정보화부문" 표창장 수상
2010.11.30	4억불 수출의 탑 (제47회 무역의 날)
2011.09.06	국가생산성대상 "인재개발부문" 표창장 수상
2011.12.12	5억불 수출의 탑 (제48회 무역의 날)
2012.12.13	6억불 수출의 탑 (제49회 무역의 날)
2013.09.04	국가생산성대상 "종합대상부문" 대통령표창 수상
2013.12.11	7억불 수출의 탑 (제50회 무역의 날)
2014.12.05	8억불 수출의 탑 (제51회 무역의 날)
2015.03.06	인천세관본부 일일 세관장
2015.12.09	9억불 수출의 탑 (제52회 무역의 날)

김현숙 (주)경신 회장_경력	
1999.01.23	한국자동차공업협동조합 이사 (16/02/29)
1999.05.04	공정거래위원회 하도급자문위원 역임
1999.06.24	노동부 고용보험전문위원회 위원 역임
1999.07.06	한국여성경제인협회 부회장 겸 인천지회장 역임
2000.01.10	인천상공회의소 17대 상임의원, 산업진흥분과위원 역임
2001.11.06	현대기아자동차 협력회 부회장 역임
2002.01.18	한국여성경제인협회 수석부회장 겸 인천지회장 역임
2003.03.06	인천상공회의소 18대 부회장 역임
2004.02.01	한국여성경제인협회 부회장 역임
2005.02.01	경신공업㈜ 회장 취임
2006.03.06	인천상공회의소 19대 부회장 역임 (08/04/25)
2008.02.29	인천경영자총협회 회장 역임
2008.03.30	한국표준협회 감사 역임
2012.03.28	한국표준협회 이사 역임
2013.07.01	민주평화통일자문회의 인천부의장 역임
2016.02	한국여성경제인협회 부회장 (현)
2016.02.24	인천상공회의소 제22대 부회장 (현)

뿌리가 깊이 박힌 나무는
베어도 움이 다시 돋는다

"뿌리가 깊이 박힌 나무는 베어도 움이 다시 돋는다." 인도의 경전 〈법구경〉의 한 구절이다.

나 역시 회사를 '한 그루의 나무'라고 생각해 왔다. 뿌리가 깊은 나무일수록 바람에 잘 흔들리지 않는 것처럼, 급변하는 국내외 경제상황 속에서도 중심을 잃지 않고 단단히 버텨낼 수 있는 거목 같은 회사를 만들기 위해, 지금 이 순간에도 나를 포함한 경신의 모든 직원들이 한마음으로 뛰고 있다.

몇 년 전 큰 비가 내려 경주공장의 도로가 침수된 적이 있었다. 길이 엉망진창이라 차도 못 다니는 상태였다.

그런데 우리 직원들은 포기하지 않고 산을 넘어서 울산까지 갔다. 신용을 생명으로 여기는 회사의 방침을 자진해서 따라 준 것이다.

결국 그 열악한 상황에서도 납기 시간을 지켜낸 우리 직원들의 이야기가 화제가 되어, 고객뿐 아니라 많은 이들의 칭송을 받은 바 있다.

올해 시무식에서 나는 다음과 같이 말했다.
"이 생존을 위한 무한경쟁 속에서 우리의 위상을 지킬 수 있었던 것은 기본에 충실한 경신 가족, 도전적인 여러분이 있었기 때문이다. 제대로 된 목표설정과 시대의 변화요구에 부응해 저성장 시대를 뛰어넘는 도약의 한 해가 되길 희망한다."

현재의 경신을 이루어 온 것은 절대 나 혼자만의 힘이 아니었다. 시련이 닥쳐올 때마다 한 가족 정신으로 뭉쳐준 직원들이 있었기에 가능한 일이었다.

그리고 언제나 전적으로 엄마를 믿고 곁을 지켜준 1남 5녀의 아이들이 있었기에, 하늘이 무너질 것 같은 상황에서도 내가 굳건히 버텨낼 수 있었던 것이다.

그들이 있었기에 오늘의 내가 있는 것이고, 오늘의 경신이 있는 것이다. 그들에게 다시 한 번 감사의 뜻을 전하며, 한국 자동차산업 발전에 이바지할 수 있도록 앞으로도 혼신의 힘을 다할 것을 다짐한다.

나는 세상에서 가장 어리석은 사람은 처음에만 열심히 하다가 얼마 안 가 포기해 버리는 사람이라고 생각한다. 목적지가 바로 앞에 있는 것을 미처 깨닫지 못하고 말이다.

우리 모두 "노력에는 거짓이 없다."는 말을 가슴 깊이 되새기고, 긴 호흡으로 끈기를 가지고 노력하다 보면, 누구든지 자신이 생각했던 목적지에 도달할 수 있을 것이라고 믿는다.

연일 크고 작은 사고가 끊이지 않는 이때에도 묵묵히 자신의 자리에서 최선을 다하고 있는 이들이 있음을 기억하자.

특별히 극심한 경쟁 속에서도 불굴의 도전정신으로 한 걸음씩 내딛고 있는 이 땅의 젊은이들과, 불리한 여건 속에서도 여성 특유의 부드러움과 강인함으로 당당히 한국 경제발전의 일익을 담당하고 있는 여성 경영인들에게 이 책을 드린다.

2017년 여름날에 김 현 숙

경신의 발자취

우리가 단지 평범한 회사에서 일하고 있다고 생각한다면
우리는 그저 평범한 회사에 머물고 말 것이다.
우리 회사는 특별한 회사라는 인식을 가져야 한다.
일단 당신이 그런 의식을 가지게 되면,
그것을 실현하기 위해 계속 힘을 내서 일하는 것은 매우 쉽다.

- 토마스 왓슨(IBM 전 회장) -

(주)경신 연혁

1970~1979

• 인천공장

시작하는
경신

1979.03' 전기용품 제조업 허가 취득
1978.08' 자동차부품 전문공장 지정(상공부)
1974.10' 현대자동차 '포니' Wiring Harness 생산 개시
1974.09' 경신공업 설립

(주)경신 연혁

1980~1989

• 경주공장

도약하는 경신

1989.09' 아산공장 준공(현 경신전선)

1988.08' 강동공장 준공(현 경주공장)

1987.07' KS표시허가 획득(고무코드, 고무, 비닐캡타이어 케이블 외)

1986.04' 중견수출기업 선정

1985.11' 100만 불 수출탑 수상

1985.09' 품질관리 1등급 취득(공업진흥청)

1984.12' 유망중소기업 선정

1984.10' 경주공장 준공

1984.03' 석탑산업 훈장 수상

1982.02' Wiring Harness 수출 개시

1981.11' KS표시허가 획득(옥외용 비닐 절연전선)

1981.02' KS표시허가 획득(600V 비닐절연전선, 비닐코드)

1980.12' KS표시허가 획득(전기용 연, 경동선, 자동차용 저압전선)
　　　　선박용 전선 인증품 승인

(주)경신 연혁

1990~1999

• 인도공장

변화하는
경신

- 1999.06' QS9000 인증 취득(하네스 공장)
- 1999.01' 하네스 전문 연구소 설립(아산공장)
- 1998.09' 품질 100PPM 대통령상 수상
- 1997.10' 해외 합작사 설립(인도)
- 1997.07' ISO9001 인증 취득(4개 공장 전체)
- 1997.01' Junction Block 기술계약(미국 Packed사)
- 1995.12' ISO9001 인증 취득(전선공장)
- 1992.11' 전국 품질관리 분임조 경진대회 대통령상 수상
- 1991.12' 최우수 품질관리상 수상('0'PPM, ISUZU)
- 1991.03' 조사선 생산 개시
- 1990.10' KS표시허가 획득(제어용 케이블, 660V 폴리에틸렌 케이블 외)

(주)경신 연혁

2000~2009

• 인천 송도 신사옥 (본사&연구소)

뻗어가는 경신

2009.12' 멕시코 공장 설립

2009.12' 품질5스타 5년 연속 인증(현대기아자동차 2005~2009)

2009.10' 품질경쟁력 우수기업 5년 연속 인증(지식경제부 2005~2009)

2009.09' 금탑산업훈장 수상

2008.09' 국가생산성대상 지식경제부장관상 수상(미래경영부문)

2007.11' 인천광역시 산업평화대상 수상

2007.09' 중국 청도 경신전자 공장 신축이전

2007.03' 중국 강소 경신전자 유한공사 준공

2006.11' 품질 경쟁력 우수기업 인증 취득(산업자원부)

2006.11' 수출 3억불 탑 수상

2005.12' 중국 강소성 염성 경제기술개발구에 강소 경신전자 유한공사 설립

2005.11' 수출 2억불 탑 수상

2005.05' 인천 송도 신사옥 이전(본사&연구소)

2004.12' 일본 SUMITOMO 그룹과 자본 합작

2003.11' 수출 1억불 탑 수상

2003.05' 미국 Lear 그룹과 JVC 생산 및 판매 법인 설립

2003.03' 화성공장 설립

2002.07' 중국 청도 경신전자 유한공사 설립

2001.07' 은탑산업훈장 수상

2000.01' 기업분리 (주)경신전선 설립

(주)경신 연혁

2010~

• 해외사업장 전경사진 모음

앞서가는 경신

2017. 05. ERP 시스템 구축완료

2016. 08. 중국청도즉묵경신전자 유한공사 공장이전

2015. 12' 수출 9억불 탑 수상

2015. 09' 중국 안휘경신전자 설립

2014.12' 수출 8억불 탑 수상

2013.12' 수출 7억불 탑 수상

2013.11' 안전보건경영시스템(OHSAS 18001) 인증

2013.10' 종합인증우수업체(AEO)공인 취득

2013.09' 국가생산성대상 대통령상 수상(중견기업부문)

2013.01' 송도공장 설립

2012.12' 수출 6억불 탑 수상

2012.05' 캄보디아공장 설립

2011.12' 수출 5억불 탑 수상

2011.09' 국가생산성대상 지식경제부장관상 수상(인재개발부문)

2011.06' 대한민국 일하기 좋은 100대 기업 선정

2010.12' 수출 4억불 탑 수상

2010.12' 중국 청도즉묵경신전자 설립

2010.09' 국가생산성대상 지식경제부장관상 수상(정보화부문)

2010.09' 사명 개정(경신공업주식회사→주식회사 경신) 및 CI 제정

2010.07' 품질 5스타 등급 10회 연속 인증

2010.02' Connector 사업 개시

수상실적

9억 불 수출의 탑(2015.12.09)

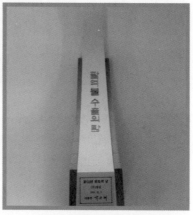

8억 불 수출의 탑(2014.12)

7억 불 수출의 탑(2013.12)

국가생산성대회 대통령 표창(2013.09)

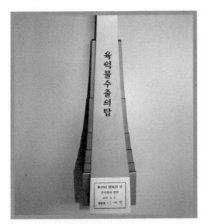

6억 불 수출의 탑(2012.12)

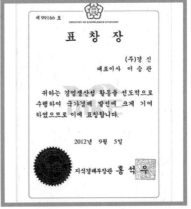

지식경제부장관 표창장(2012.12)

5억 불 수출의 탑(2011.12)

4억 불 수출의 탑(2010.12)

수상실적

국가생산성대상 미래경영부문(2008.09)

산업자원부장관상(2007.03)

3억 불 수출의 탑(2006.11)

자랑스런 기업인 상(2006.08)

관세청장상(2006.03)

산업자원부장관 표창장(2005.12)

2억 불 수출의 탑(2005.11)

1억 불 수출의 탑(2003.11)

수상실적

은탑산업훈장(2001.07)

보람의 일터 대상(2001.03)

100PPM-대통령상(1998.09)

(주)경신 연구소 연혁

2003~2016

16.01. 제7회 경신 테크데이 개최

15.07. EMC시험실 국제공인시험기관 인정서 획득

15.03. 서울모터쇼 참가

14.12. 제6회 경신테크데이 개최

14.07. ICCB UL 인증

13.12. 제5회 경신테크데이 개최

13.04. 서울모터쇼 참가

12.11. 제4회 경신테크데이 개최

12.10. CMMI LEVEL3 취득

12.02. GATEWAY 개발 시작

11.11. 제3회 경신테크데이 개최

11.05. SJB(Smart Junction Box)개발 완료 및 양산 적용(TF-CAR)

11.03. 서울모터쇼 참가

11.01. 기술5스타-자격 유지

10.12. CMMI LEVEL2 취득

09.01. 기술5스타 획득

07.09. 스마트키 네트워크 개발

06.08. ACC 제어 알고리즘 개발

05.05. 연구소 송도 신사옥 이전

04.12. 일몬 스미토모사와 합작

03.04. 스미토모사와 MOU 체결 및 SERVICE AGREEMENT

2002

04. Lear사와 전기전자부품 설계 및 개발 관련 포괄적 기술 협력 계약

03. FPC 시스템 개발 시작

2001

10. NF 관련 네트워크 시스템 공동 개발(Lear社)

10. 르노 메간 분석결과 발표(자동차부품연구원)

09. 디젤승용차 공동 연구(자동차부품연구원: 르노 메간)

05. Lear사와 MOU체결

05. 휴즈&릴레이 박스 검사 비젼 시스템 공동 개발(홍익대)

05. 차량용 네트워크 전자 유닛 개발(호서대)

04. 제조설계프로그램 개발(H-CAD)

2000

10. 와이어링 하네스 조립 간이 자동화 시스템 공동 개발
   (Navigation System: 선문대)
06. 연구소 통합 정보 시스템 개발
05. 전기자동차 공동 연구(자동차부품연구원: 혼다 인사이트)
03. 전원보호장치인 PTC 공동연구(RAYCHEM)

1990's

99.11. 차량전원 분배 네트워크시스템 공동 개발(서울대, 현대/기아자동차)
99.01. 중앙기술연구소 설립(충남아산)
91.09. 연구소 설립 및 기업 부설 연구소 인정서 획득(한국산업기술진흥협회)

운명을 개척해 가는 도전정신으로
알찬 성공의 결실을 맺은
(주)경신 김현숙 회장의 1인 4역 이야기

권선복
도서출판 행복에너지 대표이사
영상고등학교 운영위원장

이 책『나의 행동이 곧 나의 운명이다Do Action!』는 평범한 가정주
부에서, 남편과 사별한 후 그 슬픔이 채 가시기도 전에 경영일선에
뛰어들어, 오롯이 자신만의 길을 만들고 넓혀 간 (주)경신 김현숙
회장님의 1인 4역어머니·가장·CEO·학생 이야기를 담고 있습니다.

김현숙 회장님을 만나 뵐 때면 고대 그리스의 시인 소포클레스
의 말이 저절로 떠오릅니다.

"신은 행동하지 않는 자를 결코 돕지 않는다."

우리 시대 어머니의 자화상처럼 인내와 끈기를 품고 있으면서도 소리 없이 강하며, '남과 똑같이 하면 절대로 이길 수 없다'는 신념으로 남들보다 2배, 3배 뛰기 위해 솔선수범하는 김현숙 회장님의 모습에 그저 존경과 감탄사만 새어나옵니다.

김현숙 회장님은 경영일선에 뛰어든 후 여성 특유의 섬세함과 어머니의 따뜻함을 기업 경영에 접목하여 직원들을 화합으로 이끌었고, 전문 경영인으로서의 부족한 점은 부지런함과 근면함으로 채워나갔습니다. 낮에는 일하고 저녁에는 공부하는 생활을 10년간 병행하였고, 언제나 '기업은 단순한 일터를 넘어 가정의 확장'이라는 기업인으로서의 사회적 소명을 실천하고자 노력했습니다. 또한 일자리 창출과 고용 증대를 통해 사회적으로 심각한 문제인 실업 해소에도 도움을 주고자 열과 성을 다했습니다.

그 결과 한국 최초의 국산 자동차인 '포니'의 와이어링 하네스_{자동차 각 부위에 전력과 신호를 전달하는 배선} 납품으로 시작했던 (주)경신은, 현재 정션블록과 친환경제품, 커넥터 등을 생산하는 명실상부한 국내 최대 자동차 부품업체로 탈바꿈하였고, 2009년 금탑산업훈장, 2015년 9억 불 수출탑 수상이라는 금자탑을 쌓았습니다.

운명을 개척해 가는 불굴의 도전정신과 남다른 실행력으로 스스로를 믿고 한 걸음씩 전진하여, 마침내 자신만의 길을 만들고 넓혀 낸 사람! 김현숙 회장님이 아름다운 이유입니다.

『나의 행동이 곧 나의 운명이다 Do Action!』는 남성 중심의 사회구조 속에서도 신념과 열정으로 무장하여 세상의 편견을 극복해 내고, 이제는 한국 여성 CEO의 대모에서 한 걸음 더 나아가 우리나라 경제발전의 주역이 된 진정한 경영자로서, 그 비전과 패러다임을 제시한다는 점에서 무척 의미 있는 책이 될 것입니다.

또한 기업인들뿐 아니라 취업에 실패하여 삶의 좌표를 잃은 청년들과, 특히 경력단절 여성들을 비롯한 이 땅의 수많은 여성들에게 새 희망의 이정표가 되어 주리라 확신합니다. 더불어 이 책을 읽는 모든 독자들에게도 행복한 에너지가 샘솟기를 기원합니다.

kyungshin